大活字本シリーズ

茗荷谷の猫

木内　昇

《上》

埼玉福祉会

茗荷《みょうが》谷《だに》の猫

上

装幀　巖谷純介

茗荷谷の猫／上巻　目次

茗荷谷の猫

一　染井の桜

巣鴨染井

徳造《とくぞう》はあるとき突然、一生続けるものだと信じていた仕事を辞めた。そうして、武士の身分を捨てて町人になった。もともと彼の家は、代々続いてきた武家というわけではない。祖父が商売で大きく儲け、それを元手に御家人株を買い取って得た身分だった。徳造の父は御屋敷勤めをしてその真新しい身分を丹念にまっとうし、無事息子に引き継いだところだった。

役人の仕事は、徳造の性分にもよく合っていた。彼自身、そのお役に大きな不満を抱いたことはなく、生まれながらにして自らに定められた見通しのいい道を疑ったことは、一度もなかった。

勤めをはじめて間もない頃、徳造はひとつの道楽を持った。鉢植えの世話という、ささやかな楽しみだった。たまたま『花壇綱目《かだんこうもく》』という昔の園芸書を手にしたことがきっかけで、彼は草木の奥深さや面白さに取り憑かれたのだ。非番の日になると徳造は、さまざまな園芸書を読み込み、また直接植木園に足を運ぶこともして知識を仕入れた。植木職人たちは、二本差しがやたらと園芸に通じているのを怪しみつつも、枝の剪定《せんてい》から肥料のやり方まで事細かに教えた。徳造は相手が恐縮するほど腰を低くして、真剣に耳を傾けた。いくら学んでも草木への興味は尽きなかった。わけても彼の気を惹き付けたのは草花の交配の仕方や変わり咲きの造り方で、それは、これまでただ眺め、ありのままを受け入れてきたものに手を延べてかかわることができるのだ、という新鮮な驚きを彼にもたらした。

　草木にのめり込むうち、まっすぐ敷かれていたはずの自分の道が、いつしか揺れはじめていたことに徳造は気付いた。これまでのようにお役に身を入れなければいけない、爺さんが必死で手に入れた御家人株じゃないか、親父が貫いた仕事じゃないか、次に引き継ぐまでは守らねばならない。彼は懸命に、自身に言い聞かせた。けれど、その揺れを止めることは、とうとうできなかった。

　父親が卒中で死んだのを機に、徳造はついに役を解いてもらい、植木屋《にわかた》に弟子入りすることを決めた。それを妻に告げたとき、彼女は座ろうとして膝をついた姿勢のまま、半開きの口をかすかに動かしただけだった。言葉がうまく吐き出せないようだった。お慶《けい》というのが、その年上女房の名前だ。武士の家に生まれ育ち、幼い頃から武家の女としての躾《しつけ》や教えを受けてきた彼女には、町人の身分に下るということがどういうことなのか、どんな暮らしを営むことになるのか、そのとき想像もできなかったのではないだろうか。彼女はしかし、抗弁の機を持てなかった。徳造は既に御家人株を売り払う手続きを取ってお り、お慶にとってそれは、相談ではなく報告でしかなかったからだ。慌ただしい引越しや挨拶回りの中でも、彼女はなにひとつ異を唱えなかった。徳造はそれを、自分への信頼と受け取った。

江戸の北西、中山道板橋宿の近くに、染井という地がある。花見の名所、飛鳥山もほど近い風光明媚な土地で、加賀藩、大和郡山藩や藤堂和泉守の下屋敷と、大名のお屋敷が建ち並んでいた。それぞれ広大な敷地に造り込まれた庭園を有しており、そのためか辺りにはいつの頃からか、庭木の手入れをし、苗や鉢植えを商う植木屋が集まり、店を開くようになっていた。植木職人としての修業を終えて独り立ちした徳造もまた、その地に自らの店を持った。

店といってもたいそうな構えがあるわけではない。野天の一画を縄で囲い、木の板をわたした簡単な屋根をしつらえただけのものだ。徳造は、そのさほど大きくはない領域を目一杯生かしつつ、しかしけっしてはみ出ぬように気を遣いながら、植木の背丈、葉の色合い、枝の張り方を細かにはかって多彩な草花を配置した。通りから見ると店全体が一枚絵のようで、その前を通る者は誰しも自然と足を止めた。軒を並べた植木屋たちは徳造の陳列の見事さを盛んに褒め、つぶさに観察しては自分の店に持ち帰り、そっくりそのまま真似をする。けれどどういうわけか、同じような見栄えを作ることは誰にもできなかった。

町人風の髷《まげ》も半纏《はんてん》もこの頃にはすっかり板についていた徳造だが、その物腰は他の植木屋とはどこか違っていた。それは彼の、品を備えた佇まいのせいかもしれないし、草木に対して尊崇の念を隠さないことにあるのかもしれない。

徳造がかつて御家人だったと聞くと、ほとんどの者が目を丸くする。それから、なんだってお役人を辞めたんだい、そんなもったいないことを、と一様に口をすぼめた。けれど彼の庭造りのうまさや植木の扱いの巧みさに一度でも触れた者は、はなからこっちが本業だったんだ、お武家より適役だよ、と冗談を交えた感想を漏らした。松の古葉の取り方、枝の接ぎ方、掛け合わせの仕方、たいていのことは彼に訊けば事が済んだ。その知識の豊かさや確かさはまたたく間に評判となり、新参者の徳造は、植木屋仲間から歳の上下にかかわらず「兄ぃ」と呼ばれて頼りにされるようになった。

徳造が店に出ている間、お慶は巣鴨の裏店《うらだな》に籠ったきりで、めったに表にも出なかった。ひと間しかない部屋の奥まったところに座り、一日中壁に向いて内職の針仕事をした。徳造の稼ぎだけではままならない暮らしを、そうやって補っていた。

巣鴨に移ってからというもの、彼女はすっかり様子が変わっていた。かつては毎日のように弾いていた琴にも手を触れなくなったし、好んで読んでいた読本や黄表紙からも遠のいて、芝居や祭に行くこともなくなった。飯の支度や掃除すら手を抜くようになり、一年も経つと徳造が家事を代わることがほとんどになった。彼が仕事を終えて家に帰ったときには既に、夜着にもぐって寝息を立てていることもしばしばだった。

お慶は、長屋の連中とも一切馴染もうとしなかった。井戸に水を汲みに出るときは頑なに目を伏せて、女房連が声を掛けても気付かぬ振りで通した。どれほど近くで話しかけても、岩のように応えなかった。彼女の、人目を避ける虫のようなせせこましい動きや、低い位置でせわしなく動いている目は、深い皺《しわ》が刻まれた顔立ちを一層貧相に見せていた。

徳造の植木屋仲間が家を訪ねても、お慶は彼らの話に加わることはおろか、茶の一つも出さないのだ。ゾッとするような陰気な表情でそそくさと挨拶だけ済ますと、客に背を向け、一心不乱に針を動かした。

気が良くて真面目で几帳面で、職人としての才もある徳さんに、あんな女房がひっついてるのは大間違いだ、とお慶に会った者は口を揃えて言った。徳造はそうした噂を耳に挟むと、心当たりのある者ひとりひとりのところへわざわざ出向いて、女房を弁護した。とても穏やかに、好きな草花の話でもするように、お慶を護《まも》った。

「あれは気立てのいい、明るい女なんだよ。よく冗談を言って俺を笑わせて。琴がうまいし、戯作にも詳しいんだ。ともかく、滅多にいない面白い女なんだよ。それに前に住んでいたとこじゃあ、なんとか小町って言われて別嬪《べっぴん》で通っていてね」

今のお慶にはそんな様子は欠片《かけら》も見えないから、みな言葉に詰まる。

「うん。もとはそういう女だったんだよ」

徳造は笑みを絶やさぬままに、そっと目を伏せた。

植木屋になってから徳造が最も精を出したのは、儲けることでも店を広げることでもなく、これまで誰も造ったことがないような変わり咲きを生み出すことだった。それも朝顔や菊といった多くの職人が工夫を凝らしてきた筋のものには目もくれず、桜ばかりにこだわった。

徳造はそのわけを、一度仲間に語ったことがある。「庭じゃあなく、景色を造りたいと思ってね」。彼は、暇を見つけては方々の山桜を見て歩き、よさそうな品種を見極め、その技を持ち帰って接ぎ木や挿し木にした。彼の家の前には、そういう桜の鉢がいくつも並んでいた。

一度、徳造が店から帰ると、お慶がその桜の鉢の前にジッとしゃがんでいたことがあった。彼女がそんな風に草木に興味を示すのははじめてのことだったから、徳造は急いで駆け寄り「新しく掛け合わせた桜だ。これがうまくいけばそりゃあ見事な花が咲くよ」と弾んだ声で言った。お慶は顔を上げず、まばたきもせずに桜を見ていた。それから誰に言うともなく、

「あたしは、どこかで、しくじったんだね」

と呟いた。

徳造はそれから、これまで以上に掛け合わせの桜に没頭するようになった。お慶が針仕事に没入するのと同じような気の入れ方で、すべてを桜に注ぎ込んだ。植木屋仲間が交配の進み具合を訊くと、江戸彼岸という品種を使うことにしたのだと内緒話でもするように徳造は打ち明けた。

「今度はうまくいきそうだ。そうすれば万事元通りになるんだよ」

「元通りって、なにがだい？」と仲間は訊いたが、徳造は、うっかり漏らしてしまった言葉をごまかすように、

「早いとこ、いい桜がめっかるといいんだが」

と、静かな笑みを浮かべた。

「めっかるって、変わり咲きは掛け合わせをして兄ぃが造るんだから、『めっける』じゃあねぇだろう」

仲間が笑うと、徳造は真面目な様子で首を振る。

「いやぁ、『めっける』だ。道筋はつけられても、もともと天然自然のものをはなから造るなんてできないもの。こいつらの出方を見て、いい姿をめっけるんだよ」

そこにいた誰もが、徳造の顔を不思議そうに眺めた。そのうちのひとりが、「面倒だなぁ、兄ぃは面倒だ」と呆れたように言った。

徳造が、江戸彼岸と大島桜を掛け合わせた変わり咲きの桜を「めっける」ことを成し遂げたのは、それからさらに五年が過ぎた頃のことだ。葉が出るより先に、淡雪に似た花が枝をほぐすようにして咲き乱れる桜を見た仲間たちは、一様に息を呑んだ。

徳造の桜は、吉野桜と呼ばれ、すぐに評判となった。

「移ろうから、儚《はかな》いから、美しい」

一斉に咲いて見事に散る様も際だっているその桜を、江戸の人々は自らの生き方になぞらえて愛でた。ひとひらひとひらが、風に舞って吹雪に似た風情を作ることも、人々を魅了してやまなかった。

桜を造った徳造の名は広く知れ渡り、巨万の富がもたらされる――当然そうなるはずだった。にもかかわらず、徳造の暮らしはなにひとつ変わらなかった。金回りがよくなるわけでも、人々から注目を浴びるわけでもなかった。

彼は、自分が編み出した桜の苗を、誰にでもほんのわずかな値で分けてしまっていたからだ。新種の桜にその名を冠することもなければ、己の仕事だと吹聴することもない。だから新しい桜を売っているこの人の良さそうな男が、交配を見つけたその人だとは誰も思わなかったろう。

植木屋仲間はさすがに徳造を諫めた。なにしろ、他人から訊かれれば、苦心して編み出した掛け合わせの方法まであっさり教えてしまうのだから。せっかく評判になったんだ、それなりの値をつけなければ、掛け合わせに費やした手間暇も歳月もふいになる、と彼らは口を極めて言った。ところが当の本人は柳に風で、自分のこめかみあたりをトントンと二度ほど叩き、「なに、ここにあるものを口から吐き出しているだけで、なんの元手も掛かっちゃいねぇもの」と嘯《うそぶ》くのだった。

そんなことを続けていれば、来年にはもう、徳造の桜は誰のものでもなくなってしまう。痺れを切らした仲間数人が、徳造の家まで談じに行った。

「兄ぃも、朝顔の珍花で売った成田屋を知っているだろう？」

ひとりの若者が切り出した。徳造はみなが訪ねてきたわけを悟り、困《こう》じ果てた顔になった。座敷の隅ではお慶が、連中のことなど目に入らないといった様子で針仕事をしている。

「金を取る気がないなら、せめてこの桜の銘打つなりなんなりしねぇと、兄ぃの名だって広まらねぇだろう」

年かさの男が続き、「別段それは浅ましいことでもなんでもないんだ」と穏やかな声で諭した。

「いくら草木が好きだといって、それだけで生きていかれるわけじゃあない。それを見も知らぬ客に売っぱらって、わっちらおまんまが食えているんだ。ちゃんと育ててくれるのかわからねぇ客にだよ。そういう割り切ったところがあるのが商いというものだ」

徳造は口に溜まった唾を何度も飲み込んで、額や頬の辺りをしきりと掻いていた。

「だったら染井吉野ってのはどうだろうね。染井でできた桜だからね。そら、奈良にも吉野桜ってのがあるだろう。これはそいつと違う種だから」

「そういうことじゃないんだよ、兄ぃ」

仲間は口々に言う。

「兄ぃが造ったってことを、もっと大っぴらに触れ回ったほうがいいってことさ。そうすりゃこれから、商売だってしやすくなるだろう。頼まれる仕事だって増えるかもしれないよ」

そのとき、お慶が手元から目を上げて、徳造の背中をそっと見遣った。けっして動かないはずのものが不意に動いたことに、そこにいた職人の何人かが気付いた。彼らは、ある期待を込めてお慶を見つめた。

「でもなぁ」と徳造の口が先に開いた。

「確かに花は、名花だ駄花だと区別もされる。それでもな、花を見る者はなんにも書かれていねぇ生きた姿に惚れるんだ。そこにわざわざ俺の名を冠すようなことは、野暮じゃあないかと思ってね」

餅でも噛んでいるようなくぐもった声で答えた。仲間は口々に「そりゃそうなんだが」と唸《うな》り、徳造のこれまでの控えめすぎる行いを並べ立てて案じ、今度ばかりはその人の良さは忘れて堂々と銘打て、掛け合わせのやり方だって他に教えず苗だけ売ればいいんだと、くどいくらいに焚きつけた。この桜は後世にまで語り継がれるほどの代物なんだよ、と。徳造は仲間の親身な言葉をひとつひとつ身体にすり込むようにして聞いていた。それでも一通り聞き終えると、やっぱり首を横に振った。

「なにも遠慮しているわけじゃあないんだ。そうやってせっかくの技を抱え込んじまったら、広まるものも広まらないだろう。あの桜が広まらないのは、俺には一番こたえるからさ」

そのときにはお慶はもう、職人たちに背を向けて、いつもと同じ姿勢で針を動かしていた。

「それに、名を残すことに興味はないよ。いずれ俺ぁこの世の者ではなくなる。そうなった後まで、俺の在ったことを覚えていて欲しいとは、思わないもの」

水面で小さなあぶくが爆《は》ぜたような声だった。

お慶は、一心に針を動かしているだけで、なにも言わなかった。仲間が肩を落として引き上げたあとも、なにひとつ言わなかった。

お慶が、流行病《はやりやまい》の麻疹《ましん》で死んだのは、徳造が吉野桜を造ったその秋口のことだった。針仕事の最中にひどい熱で倒れ、そのまま寝ついたと思ったら、三日ともたなかった。

葬儀を済ませてしばらく、徳造の家はひっそり静まり返っていた。煮炊きの湯気も溜息さえも、表に漏れては来なかった。それでも十日ほどすると、鶏の鳴くか鳴かぬかのうちから座敷を掃く音が聞こえるようになった。菜を刻む音が漏れ出した。炭の匂いに抹香の香が所在なげに紛れているのが、以前と異なるたったひとつのことだった。

長屋の住人たちは、仕事の行き帰りにさりげなく徳造の様子を見に寄るようになった。女房連は貧しい膳から見繕い、持ち回りで差し入れをした。

徳造はなにも変わらなかった。仕事は微塵も手を抜かず、いや以前より遥かに精を出して働いていた。長屋でも店でも、よそから声を掛けられれば、いつもの半分溶けかかったような笑みを浮かべて律儀に応えた。

徳造は、なにも、変わらない。

彼を変えるようなことは、なにも起こってはいない。むしろ厄介な荷物がなくなったのだ。周りの者は明るい顔でそう語り合った。自分たちのお慶への感情をそのまま徳造の心根に滑り込ませて、そう言い合った。

ところがしばらく経つと、長屋連中の口にひとつの噂が上るようになったのだ。

「徳さんの部屋にゃ、まだお慶さんが住んでるようなんだよ」

もっとも、実際にお慶の姿を見た者があったわけではない。徳造の部屋を訪ねた者が、その奥の、お慶がいつも座っていた場所に、開いたまんま置かれている針箱や座布団、その下に挟まれた絎台《くけだい》、積み上げられた端布を見て、勝手にお慶の姿を思い浮かべてしまうだけのことだ。

それでも、几帳面できれい好きの徳造がいつまでも道具を片付けないことは、不自然には違いなかった。

「なにかのまじないだろうかねぇ」

「まるで、お慶さんがちょいとそこらに用足しに出ただけみたいな様子なんだよ」

はじめの頃はまだ、なにかと忙しくてそこまで手が回らないのだ、と長屋連中は推し量ることもできた。が、冬の風が頬を刺す頃になると、さすがにみな、気味悪がった。まさかお慶さん、実は生きてるってことはないだろうね、と身震いする者もある。彼らは、お慶の深い溜息や虫のような歩き方を意味もなく思い出し、曇った顔で肩をすくめた。

年が明けた。毎年正月五日に開かれる植木屋仲間の新年会に、徳造はその年、顔を出さなかった。この会合は、徳造からじっくり掛け合わせや苗木の育て方を聞ける貴重な機会でもあったから、この年はどうにも締まりの悪い酒席になった。彼らの耳にも、例の噂は聞こえていた。それぞれに徳造を案じていた。

「どうだろう、ひとつ兄ぃの家を訪ねてみちゃあ」

ひとりが言ったとき、「喪が明けきってねぇから」と他の者はためらった。そのまま話題は逸れて、しばらくは銘々勝手に飲んでいたが、「新年の挨拶に寄るくらいならいいだろう」と誰ともなしに言い出すと、酒も入っているものだから勢いづいて宵の町にうち揃って踏み出した。外は一遍に酔いが覚めるほど冷え切っていた。けれど彼らの頬にさした熱は引かなかった。今こそ日頃世話になっている徳造を救うのだ、という義侠心のようなものが、彼らを昂揚させていたのかもしれない。

徳造は突然の来客にもさして驚くことなく、十数人の仲間を狭いひと間に迎え入れた。この冷え込む時期に、座敷には炭も熾《おこ》っていない。

部屋の隅には、さっきまで徳造がくるまっていたらしい夜着が、苦しげに丸まっていた。彼らは素早く座敷の中を見回し、そこが噂通りの様相であることに短く落胆した。壁際の場所には未だ、お慶の使っていた道具や座布団がそのまま、結界を張るようにして置かれている。今にもお慶が帰ってきて、集まった仲間を暗い目で見て溜息をつくのじゃあないかと、誰もが思った。

徳造を案じる気持ちが、つい先走った行動を起こさせたのだろうか。仲間のひとりが、

「大勢入って狭いから、こいつを片付けてもいいかい？」

と、蓋が開いたままの針箱をひょいと持ち上げたのだ。

それを見た徳造の顔が、残酷なほどに崩れていった。

「触ンな」という嗄《しやが》れた声が、その口元から放たれた。

みな動きを止めたまま、険しく歪んだ徳造の顔を眺めていた。それは彼らがこれまで、想像すらしたことのない徳造の顔だった。

徳造は職人仲間の見開かれた目に晒され、場を醜く乱したことを察したようだった。憐れなほどに動じて、言葉を探しているのか、畳の目をなめすように見ていた。随分経ってから、静かにこう切り出した。

「俺も動かさねぇように、そうっと埃《ほこり》を拭ってるんだ。あいつが、最後に使ったときのまんまにしておきたくてな」

仲間は、一様に眉をひそめた。

そういうことかと納得する気持ちと、そうやって同じ所に止まっていては仕方ないという思いが、みなの胸の内で交錯していた。

ひとりの男が、仲間を見回してから言った。

「なあ、兄ぃ。こいつぁただの針道具だ。座布団だってこの布だって、ただの物じゃぁあねぇか。そのまんまにしてたって、死んだ女房が帰ってくるわけじゃぁあるめえよ。気持ちはわかるが、もういい加減、忘れなきゃぁいけねぇよ」

徳造の顔が赤黒く変わっていった。それは、羞恥のようにも、怒りのようにも、哀しみのようにも見えた。

止まってなどいられないことを、徳造は知っていた。どんなに忘れがたいことでも、日が経てば薄れてしまうことを、知っていた。どんな風に座っていたか、どんな声で笑っていたか、どんな仕草で怒っていたか、どんな匂いがしていたか。それはどれほど留めようと努めても、手の平にすくった砂粒のように、隙をついてどこかに吸い取られ、消えていってしまうのだった。

徳造の口が、なにかを言おうと開きかけた。そこで息遣いがしゃくりあげるようになって、あとの言葉が途絶えた。彼がすっかり沈黙に籠ってしまうと、植木屋仲間は判じかねた顔を見合わせて長い息をついた。

しんしんと冷えた夜気がそれぞれの四肢を締め上げていった。遠くに、「火の用心」という番太郎の声が聞こえている。

二　黒焼道話

品川

「御坊様」なる妖怪が、町を徘徊するらしい。

——ゴボウ、ですか？

——いや、〝御坊〟だ。剃髪《ていはつ》の妖怪ですと。

煙草屋の店先で、男たちがそう話すのを春造《しゅんぞう》は聞いた。

——たいてい日が暮れると現れて、おぞましい音を立てて歩き回る。

それはもう恐ろしげな様子だと聞きますよ。

これは郵便を出しに行ったとき耳にした。「おぞましい」。それはぜんたい、どんな音を指し示すのか。

――ズルズル、ズルズルと、まあそんな音だそうで。

それが、おぞましい音か。おぞましいということなのか。

なんでも御坊様を見るのは決まって子供だということだった。……

子供の言うことなぞ鵜呑みにして。田舎町だけあって暢気《のんき》なことだ。

それにしても山神楽だの神隠しだの、この手の噂をなぜ人はたやすく信じるのか。つい先だっても空の芝居小屋からお囃子《はやし》が聞こえると囁かれたばかり。

――出会っちまったらどうなります？

それが、いいことがあるのですって。と、ひと月ぶりに行った湯屋《ゆうや》の涼み場で女どもがかしましくしゃべくり合うのを聞いて、春造は眉を動かした。いいことなぞ、そうたやすく訪れるはずもなかろう。いや。もしや世の人々のもとには、存外たやすく訪れているものなのか。なに、そんなはずはあるまい。断じて。

──「いいこと」といってても子供のことですからね、試験で甲を取った、十銭ひらった、その程度のことなのですがねぇ。

「黒焼……」

小日向《こひなた》春造は、辺りに聞こえぬようひりついた息で言った。ひりついてはいたが、海から吹きつける強風に、あっという間に吹き飛ばされてしまいそうな頼りない声だった。

海っ端の、なにもない町である。人も少なければ、気の利いた店ひとつない。昔の街道筋まで出ればまだ賑わいに湧いてもいたが、少しはずれるとこの通り、景色そのものが、御一新《ごいっしん》を境に眠ってしまったようなありさまだ。

春造は湯屋からの帰り道、ぽつねんと海沿いの道に佇んだ。静かだ。意味もなく静かすぎる。ここ南品川のはずれに移り住んで、二年が経った。まだ、慣れない。

この寒村に流れ着く以前春造は、千駄木、上野辺りを長らく転々としていた。東京に出てからというもの、手当たり次第職に就き、いずれもまともにこなせずまたたく間に放り出されるという一辺倒な循環の中に春造は在った。結局、彼が上京したときには既に、東京にはすべてがあったということだ。そこにいる人々が、そこにある建物や仕事、乗り物、店、施設が、そうして町自体が、「おまえの思いつくようなものは、わたしらとうに持っとります。だいいち、はなからおまえごとき小者の力添えは欲しておりません」と言わんばかりにそっぽを向いたのを、春造は確かに見た。

八つめの仕事を、「気配がみすぼらしい」という春造自身にはいかんともしがたい理由で馘《くび》になったその日、悄然と町をうろついていた彼の目に奇異な風体の男が飛び込んできた。男は、御一新から二十年も経っているというのに脚絆甲掛《きゃはんこうがけ》、菅笠に尻っぱしょりという出で立ち、天秤棒には年代物の小箱までぶら下げていた。

「蝦蟇《がま》蛙、赤蛙、黒焼の蝮《まむし》もございます〜」

思わず聞き惚れるようないい喉で口上を繰り返し、路地から路地へと渡ってゆく。

赤蛙？　なにかの聞き違いか。首を傾げつつ春造は、つい男のあとをつけた。赤蛙なぞ、売りものになろうはずもない。田舎であれば、そこかしこにいる無用の長物ではないか。しかし男は声も高らかに「赤蛙」と撒き散らしており、しかも驚いたことに「赤蛙売りさん！」なぞといって引き留められては、商いをしているようなのである。男を呼び止めるのはたいてい年若い女房で、子供を抱きつつ「疳《かん》の虫が治まらなくてねぇ」とこぼし、そのおどろおどろしい生き物を買っていくのだった。

――赤蛙が疳の虫に効くのか？

男はまた、呼び止められる。今度は蝮の黒焼を売る。黒焼とはぜんたいなんなのか。

「縞蛇《しま》もありますが、いかがいたしましょう？」

男の声が春造のいる場所まで漂ってきた。縞蛇まで……。

そんなものが商いになるということに驚きながらも春造は、蛙や蛇とけっして縁遠くはなかった己の半生を思い起こしていた。いや、むしろ東京に出るまでは、それらと共に在ったといっても過言ではない。小さい頃、蛙を捕まえては、藁をその肛門にさし込んでプゥッと息を吹き込み腹を膨らませて遊んだ。解剖と称して皮をはいだりすることなぞ茶飯事だった。縞蛇は見つけると縄のように頭上で回転させるのが子供らの間で流行った。もっとも蛇は殺すと祟ると祖母がやかましかったので、最後はぐったりしたそれを、野に返すのを常としていたのだが。

夕暮れが迫るまで男は、路地という路地をくまなく歩いた。雨戸の閉まる音がそこかしこで立ちはじめてやっと男は口上をやめ、幟《のぼり》をしまい、東に向かって歩き出した。路地を縫うようにして、するすると身を滑らせていくその背を見失うまいと、春造は音を立てぬようについけた。

しばらく行くと、問屋や御店《おたな》が並び、馬車の往き来する大きな通りに出た。「下谷万年町」と土塀に書いてある。いずれの店も大きく看板を掲げておらず、一見しただけではなにを商っているのかとんとわからぬ。男のあとを追いながらも春造は気になって店内を窺うが、どの店も薄暗く、ぽっかり洞穴が空いているようにしか見えない。幾多の、黒い穴が、春造を取り囲んでいる。心細くなって足を速めた。男と並ばんばかりの勢いで。

その矢先、男はスルリと一軒の御店に入っていった。やはり看板はなかった。しかし戸口の柱に小さく、

〈黒焼屋〉

と彫りつけてあるのを、春造は見つけた。

「黒焼……」

しばらくの間、店の前をうろついた。袴《はかま》のこすれる音が、通りに響く。それにしてもさっきから、他に道を通る者がひとりとしていないのはどういうわけだろう。振り返っても、瓦斯《ガス》燈の灯りがボウッと鬼火のように揺れているばかり。春造は、懐から胴巻を取り出した。銅貨が二枚しか入っていない。念のため、ひい、ふう、と小さく声に出

して、それを数えた。数えるまでもないことだった。

思い切って黒焼屋の引き戸に手を掛ける。油障子の張ってある戸は思いもよらぬ重さで、彼は綱引きでもするように全体重を掛けねばならなかった。ドドッ、ドドッと歯切れの悪い音を立てて、障子は少しずつ移動した。ようやっと身体の入る幅が開いたところで、春造は息を止めて内側に滑り込んだ。

くすんだ臭いが鼻腔をついた。薄暗い店内に目が慣れるのに時間を要した。目をギュッと閉じて、開く。と、高さ一尺ほどの瓶《びん》が店の壁という壁を埋め尽くすように並んでいるのが見えた。その中には蛙の薫製らしきもの、蛇の焼酎漬けなど、多種多様な生物が声もなく収まっている。天井からは黒焼になった鳥らしき形状のものが無惨にもぶら下がっていた。春造は急に背筋が凍えたようになった。視線を感じて店の隅に目をやると、床に敷かれた筵《むしろ》の上に脚絆姿の男、四、五人が座って煙草をのんでいる。先程の赤蛙売りの姿も、その中にあった。

「あのぅ」

筵の上の男たちに話しかけたのに、声を聞きつけたのか、奥から人が転がり出てきて、

「なにかお求めで?」

と手を揉んだ。四十がらみの小柄、なで肩、顔の下半分が不自然に歪んだ前掛け姿の男で、どうやらここの店主らしい。

「突然すみません、あのぅ……こちらはどういったご職業で?」

訊くと店主は、今までの愛想を「バタン」と音を立ててしまい込み、

「御覧の通り、滋養強壮に効き、病を快癒し、人々を壮健にする薬を扱っておりますが」

剣呑《けんのん》な声を出した。

「赤蛙や縞蛇に、そんな効能があるんでしょうか？」

並んだ瓶をいちいち指さして春造は重ねて問うたが、主人はもう口を閉ざして応えない。筵の上の男たちは、面白くもなさそうに事の成り行きを静観している。

春造は着物の上から懐の胴巻を触り、控えめに言った。

「あのっ、えー、実を申しますと、私をこちらで雇って頂けないかとお願いにあがった次第でして」

店主は「客じゃないのか」と落胆の声を遠慮なく漏らし、値踏みするように春造を見た。子細を問われたときのために、春造は素早く、頭の中に自分の長所・特技を書き出さんと試みた。そんなものは一《ひと》欠片《かけら》もないことを、すぐに思い出した。

「蛙や蛇は?」

「幼い頃から、よく」

「黒焼は?」

「いや、あまりよく存じませんで……」

それじゃあしょうがないなぁ、と店主は言ったが、どうやらそれは言ってみただけだったらしく、春造はその場であっさり雇い入れとなった。おおかた、人手が足りなかったのだろう。

店舗では主に黒焼を扱い、子供の疳の虫に食べさせる赤蛙や蝦蟇蛙は売り子が売り歩く、というのがこの店のやり方だった。春造は脚絆甲掛で町を練り歩く姿にほのかな憧れを抱いていたが、声の通りが悪い、また容姿に不潔感が漂っている、という理由で黒焼の作業場へと送り込まれた。

店の裏にある掘っ建て小屋が、新たな職場になった。柏田と添川という、他人同士にもかかわらず双子のように似ている男たちのもとで、来る日も来る日もいもりや蛙を焼いた。蒸し焼きにした。カラカラに焼き上がったものを乳鉢で砕いて黒い粉末にしたりもした。地味ではあった。だが、干涸びて粉々になった黒いものは、明らかに有益そうな、姿、形、匂いを持っていた。有益なものが、自分の手を通って、日々生み出されていく。それは春造にとってひどく特別なことだった。

長らく自分自身が、世の中にとって無用の長物であるという烙印を押され続けてきた春造にとって。

「いもりと蝮では効能が違うんですか？」

仕事に慣れてきたある日、春造は乳棒を動かしながら柏田に訊いた。黒焼のことをもっと知りたいという欲に、この頃の春造は駆られていた。

「いもりは精力増強、蝮は肺病にも効けば、疲れを取るにも用いられる」

ぶっきらぼうに柏田は答える。

「まあね、飲めばむろん効能はあるんだがね、最近じゃあ、いもりの黒焼を想う相手に振りかけるだけで恋が成就するなんて噂があるんだから笑止だろう」

「振りかけるだけで？　いもりの黒焼を好きな女人にですか？」

「噂だよ、噂」

「でも、噂になるってことは振りかけてうまくいった人があるということですよね」

「……さあ、どうだか。なあ、添川」

柏田は自分から話を持ち出したくせに早くも面倒になったようで、よそに話をふった。火の前にいた添川は赤くほてった顔で振り向き、

「そぉですねぇ。おおかた気休めでしょう。この手のものはなんだって気休めなんですよ。辻占いも、住吉かっぽれも、ちょぼくれ節だってそうなんですよ」

「ちょぼ？」

「でもね、いいんですよ、気休めでも。それでお客さん、幸せなんだから」

添川がまるで「穀潰し」「甲斐性無し」「ろくでなし」と発するのに似た軽侮を込めて「幸せ」と言ったことに、春造は驚いた。いたたまれないような気もした。

「しかしなにしろ黒焼なんですから、さすがにただの気休めっていうことはないでしょう。実際、多くの方の役に立っているんですから。僕らのやっていることは、人の役に立つことですから」

春造は言った。己の仕事をわけもなく卑下する添川を、さりげなく鼓舞したつもりであった。同志として。が、添川はその厚意を汲むどころか、柏田と顔を見合わせ哄笑したのだ。さらにはそれきりなにも答えず、再び作業に戻っていったのだった。

その日仕事が退けてから、春造はひとり店舗に潜り込み、客に配布するための『黒焼図彙《ずい》』という薄い冊子を舐め回すように読んだ。

「効能」の欄に指を這わせる。

精力増強　疲労回復　血の道を整える　食欲増進　気力増幅。

いずれも、能動的な効能ばかりだった。増やして、盛り上げて、力をつける。登れ、登り切れ、行けるところまで上に行くのだとせっつかれているようで、春造は及び腰になった。ケツを叩くばかりではなく、例えば平穏に、心穏やかな方向に人を導く効能はないのか。それでよろしいよ、あなたはそのままでよろしいよ、と言ってくれる効能を誰も見出さぬのはなぜか。それが人にとって不必要だとでも？

店の一画に敷かれた筵の上に腰を下ろし、春造は悶々とした。と、すぐ後ろで「ひっ」としゃっくりのような悲鳴が聞こえ、振り返ると店主のなで肩が見えた。

「なんだ、誰もいないと思ったら。驚かさないでほしいものだね。だいたい、こんな暗がりでなにを企んでいたんだい」

いきなりの切り口上である。

「たくらみ？　いえ……なにも。ただ『黒焼図彙』を読み直しておりまして」

「なんのために？」

「なんのためって……効能を学び直そうと思いまして」

「だから、その先の目的を教えてくださいよ、と私は言ったんだ。なんのために効能なんぞを学び直そうと思ったんだい」

春造は黙した。店主になにを疑われているのか、とんとわからなかった。

「効能を……」

苦し紛れに言う。

「なにかこれまでにない画期的な効能を、生み出せぬものかと思いまして」

「え？　あんたが？　ここに入って、二、三ヶ月で？　おまえごときが？」

春造は耳まで赤くしてうつむいた。もう店を閉めるんだから、とっとと帰っておくれでないと私は夕餉《ゆうげ》に遅れるじゃないか、妻に怒られたらおまえ、どうやって責任をとってくれるんだい、という店主のつまらぬ小言に追い立てられ、春造は『黒焼図彙』をもとの場所に戻して、いもりのようにひっそりと戸の隙間から抜け出した。

それからも春造は表向き、変わらず仕事に精を出した。が、内心は千々に乱れていた。頭の中では常に、「効能」という言葉がにゅるにゅると回転していた。さらに厄介なことにあれ以来、それまで一度も考えたことのなかった「幸せ」というものまでが、むやみやたらと気になり出すという始末。目に見えないはずのそれは、日に何度も春造の目の前をかすめ、ただでさえ希薄な集中力を奪った。

煙に燻されながら春造は、作業台の上で無心に乳棒を動かしている柏田や添川を盗み見た。ふたりはもはや、自分たちが作っているものがなんなのか、そんなことにすら関心がないように見える。しかし春造は、己の胸の内をふたりに語りたかった。妙な希望を孕《はら》みつつ、どんどん増幅していくこの混沌を。

休憩の時に春造は、思い切ってふたりと対峙した。

「あのぅ、つかぬことを伺いますが、例えば、うちの店独自の効能を持った黒焼を新たに作り出すようなことは、ないのでしょうか？」

作業場の片隅にある木箱に座って、ドロドロの黒蜜ときなこをまぶしたくず餅をむさぼり食っていたふたりは、目だけ上げて春造を見た。

「うちの？　というのは、ここの店のことか？」。柏田が皮肉な口振りで聞き返す。春造はうなだれるように頷いた。

「今扱っているだけで何種類あると思っているんだ。もう十分だろう。十分、効能の種類は揃っている」

「それはそうなのですが、どの黒焼も向いている方角が同じではないか、という点が気になりまして」

「方角？　なんだい、西か？　東か？」

添川が茶々を入れた。しゃべるたびに、ねちゃねちゃと舌なり歯なりが音を立てる。柏田がきなこを噴き出し、大袈裟に笑った。

「ですから、つまり、勢いをつけるようなものばかりといいましょうか……」

「仕方なかろう。そういうものを客は欲するのだから」

今度は柏田が居丈高に答える。

「でも幾分、穏やかな方向を向かせる黒焼があってもいいと思うのですが。例えば、それを飲むと心がすっかり落ち着くような」

「そんなものを飲んでどうする？」

「……心を、落ち着けます」

「なんのために？」

「いや、ですから……」

心穏やかになれば、人として豊かに暮らしてゆけるからですよ、それこそが人の真に欲することなのではないですか、と春造は言おうとして口をつぐんだ。先日、添川が愚弄しきった口調で発した「幸せ」を思い出したからである。柏田と添川は、箸を止めて春造を凝視していた。春造は、場を繕うような作り笑いを浮かべた。ふたりは、鼻を鳴らしてくず餅に目線を落とした。

なんだってそんなに冷めているんです、この手の中に効能があるんですよ、そいつを自在に生み出せる力を僕らは得ているんですよ、その力で人々の心を豊かに変えてやることだってできるんですよ、と春造は、暢気に餅を噛んでいるふたりの胸ぐらを摑んで言ってやりたかった。世を変えるほどの凄まじい発見がすぐ近くにあるかもしれないのにあんた方はなぜそんなに安穏としているのです、ぜんたいどこまで己の仕事に無頓着なんです、と肩を揺さぶってやりたかった。放棄したら終いなのに。すべて無になってしまうのに。

しかし春造は、ここでも慎重に言葉を堪《こら》えた。また職を失うことになるのが恐ろしかったからである。

代わりに仕事が退けてから、毎日のように本屋を巡るようになった。黒焼に関する歴史と研究の書を、片っ端から買い込んだ。黒焼屋で働きはじめてもう半年が経っている。そのくらいの蓄えはできていた。それに幸いなことに、黒焼の本は揃いも揃っていくらもしないものだったのだ。特に春造の興味を引いたのは江戸の頃に書かれた資料で、これらは本郷辺の「偏奇館」なる古本屋までわざわざ通って集めた。この古本屋、丸眼鏡のオヤジがひどく無愛想なことと、店内がどこもかしこも埃《ほこり》っぽいことは難儀だったが、覗くたびに不思議と欲しい本が手に入るため重宝している。

十遍以上も通ったあるとき、偏奇館に足を踏み入れた途端、正面の棚に貼られた「稀少本。古今東西の万能薬。黒焼の奥義ここにあり」という墨字の惹句が春造の目を直撃した。張り紙の隣に目を転じると、『黒焼赤蛙漫稿』なる本。

「うっ、万能」

と、思わず春造は呻《うめ》いた。頁《ページ》も繰らぬうちに、「見つけた」と感じた。すぐさまオヤジに値を訊いた。オヤジが口にしたのは、怯《ひる》むほどの安値であった。

「いいんですか、そんな値で。貴重な御本なのでしょう？」

「まあ、そうですな」

「でしたら、それは安すぎる。正規の値で買わせてください」

「……」

「あのう、おあしは一応、ありますので……」

「……」

「正規の値で……」

オヤジは、読みさしの書物に頭を突っ込むようにして応えぬ。春造は仕方なく言われた金額を支払い、『黒焼赤蛙漫稿』を抱えて家路についた。そして、

「鶏冠の黒焼――気が鬱するとき、心を開かせ、穏やかにさせる働きがある」

という一文をその中に見つけ、下宿の部屋を転げ回って喜びを噛みしめた。

トサカ！　なるほど、鶏冠か。

興奮にうねった気持ちを抑えるため、下宿の軒先にできた小さなつららをぽきりと折り、それをかじりながら頁を繰る。

「これは服用せず、頭上より振りかけることにて、満願成就となる」

春造はつららを捨て本にかじりつき、この文言の上に何度も目を滑らせた。あるのだ、と震えた。振りかけるだけで叶う黒焼が。本当にあるのだ。ついに、見つけたのだ。

彼は想像する。高い塔の上から、粉をまく自分を。感謝と悦びを表し、人々が自分を見上げる様を。

翌朝早く、春造は店に入った。欠伸《あくび》を噛みながら作業場に現れた柏田と添川に、素早く『黒焼赤蛙漫稿』を見せた。新薬を作るには、やはり彼らの力が必要だった。

「精力増強や疲労回復だけじゃあなく、振りかけるだけで鬱《ふさ》ぎの虫を退治し、万人が心穏やかになれる粉末が江戸の頃からあったようなんですよ。これに載っているということは、実際効果があったということだ。そして先達がこれを作ったということは、人々がそれを欲していたという証なのですよ」

興奮する春造の寝不足による隈《くま》を、ふたりは白けた顔で見つめていた。

「いかがでしょう？　ここでも作ってみては。是非お力添えをいただいて」

「振りかけるっていってもなぁ……なぁ」

柏田と添川は、わざわざ声を揃えて「なぁ」と言い、顔を見合わせて笑った。冷たい、笑いだった。春造は唇を、「へ」と「ふ」の混じった形に引き結び、湧き上がる憤怒を懸命に堪えた。容赦なくせり上がってくる「なぜ、あなた方は！」というおくびを飲み込んだ。

その日は取り敢えず、黙って仕事をした。しかしそうたやすく諦め切れるものでもなく、終業の時間には店主を捕まえ同じことを訴えた。一通り説いて、その新たな黒焼が生み出せれば店にとっても利益になりますでしょう、と姑息なことを言ってへつらう真似事までした。しかし店主の反応は、柏田や添川のそれより遥かに辛辣なものだった。

「まだそんなことを？　あんたにどんな謀略があるのかさっぱりわからんが、私は関わり合いにはなりませんよ」

謀略、とまで店主は言った。

「あの……ですね。そういう複雑なことではなく、新たな黒焼を研究して、生み出すのだと思っていただければですね」

「だからぁ、なんのためにそういうことをしたがっているのか、って訊いているだろう」

「で、ですから、もっと高みを目指すべきだと思いましてですね。なんといいましょうか、効能を手の内に収めた者としては……」

春造の言葉に、店主は眼鏡の奥の目を忙しく回転させた。

「おいおい、なにを言い出すのだい。嫌だねぇ、効能を手の内に、だって？　ゾッとするねぇそんなこと言って。あんたは、とんだ勘違いをしているようだねぇ。ああ、禍々《まがまが》しい。悪いがねぇ、うちは遊びで黒焼を作っているんじゃないんだよ」

ひとしきり腐したあと、肩をすくめて行ってしまった。なぜ、新たな商品を生み出すことが、人の幸せを追求することが、「遊び」になるのか。春造はひとり、歯ぎしりをした。

唯一話を聞いてくれたのは、春造がこの店に来るきっかけとなった赤蛙売りの老人だった。

「まあねぇ、そういうものができればいいがねぇ。黒焼ってのは元来が、不思議な力があるものだからね」

彼は名を道太郎《みちたろう》といった。その日から春造は、老人を「道太郎師匠」と呼ぶようになった。

「僕は今までにないものを生み出すことにこそ意味があると思うんですよ。まだ形になっていないものを引っ張り出して形にする。それでなければ、働く甲斐もありませんから」

　つい、調子に乗った。

「そうか、まぁ若いんだな。しかし意欲があるのはいいことだ」

「ええ。僕は必ず、周りをあっと驚かせるようなことをやりますよ。やってみせますよ」

　春造は、それからすぐに店を辞めた。辞めざるを得ないほど、居づらくなったのである。みなが本気で彼を煙たがり、目を背け、あからさまに避けるようになっていた。道太郎以外に春造をまともに相手にする者はいなくなった。店から放り出されたのではなく自ら身を引くことができたのが、春造にとってはせめてもの慰めだった。

　最後の挨拶も、店主のほかは道太郎にしかしなかった。

「そうかい。せっかくものになってきたのに、残念だ」

道太郎はそう言って、名残を惜しんだ。六十に近いという割には血色のいい顔を向けて、「これからどうする？」と訊いてくれた。

「ひとりで例の秘薬を編み出しますよ。振りかけるだけで万人が心穏やかになれる薬を」

「そうかい、せいぜい気張ることだ」

と、道太郎は春造の肩を叩いた。

「若いうちだけだよ。本気で自分を信じて、なにかに打ち込めるのは。私のような老いぼれになる前に、精一杯やるといい。努力したらその分、きっと実を結ぶだろうからね」

「はい、師匠。いずれ必ず成果を上げてみせます。近く、この研究が実りましたら真っ先に師匠に報告にあがります。そのときまでは、お会いするのを辛抱いたしましょう」

下谷万年町の下宿にこもって、春造は鶏冠を筆頭にあらゆるものを黒焼にした。雨蛙、雀、蚯蚓《みみず》、海鼠《なまこ》。下宿の庭からは毎日煙が立ち上り、奇妙な臭いが辺りに漂った。春造がその下宿を追い出されるまで、そう時間はかからなかった。

転居先を南品川のはずれに決めたのは、人の少ない寒村だからである。

――ここなら周りに気兼ねなく黒焼ができる。

それに、海があり、山も川もある品川ならば、生き物の調達に手間暇、金がかからぬであろうという目算もあった。仮に鶏冠で失敗しても、次の素材へとすみやかに移ることもできる。

品川駅の賑やかさにキョロキョロしたのも束の間、そこから東に折れてしばらく、海沿いの小径に出ると磯臭いばかりで途端に人影がまばらになった。引き潮の頃らしく、ずっと遠くまで浅瀬が続いている。高いものも深いものも目の前の景色にはなかった。沖では、ボウタを片肌脱ぎにした男たちが、せっせと海の中になにかを置いている。春造は目を細めて注意深く見守ったのち、「海苔《のり》か」と感慨に乏しい声で言った。男たちは、海苔の胞子を植えるシビという木枠を、ひとつひとつ海に落とす作業に勤《いそし》んでいた。彼らの腹掛けが、呼吸に沿って上下するのが、春造の位置からもよく見えた。額の汗が、小さな玉となって海面を打つ様子まで見える。いや、さすがにこれは幻覚だろう。そこまでの視力を春造は持たない。労働、と彼の唇が微かに動いた。身体を動かし、汗を流し、その分だけきっちり銭になっていくという道理は、彼を密かに怯えさせた。

下谷の店では、一年と半年を過ごした。その間に黒焼は、春造にとって一生の仕事へと転じたらしかった。いや、黒焼というより、「効能」に彼は取り憑かれたのかもしれない。一旦手にした、人をいかようにも操れるこの魔術にも似た技を手放して、無為な日々に戻ることはどうあっても避けねばならなかった。ともかく、春造は既に進みはじめたということだ。

浜の近く、門柱の錆びついた古い一軒家が彼の新居である。もう十年近くも空き家だったらしく、雨戸の開かぬ部屋があったし、軒先には古びた鳥の巣が臭気を放ちつつぶら下がっていた。便所を開けると一面青黴《あおかび》が生え、水場はどこも朽ちかけていた。彼は便所の青黴を雑巾で拭ったきりで、あとはそのままにして住んだ。湿気を含んでふわふわ柔らかい畳を、取り替える時間も惜しんだのだ。

引越した翌日から、早速黒焼作りに取りかかった。鶏冠一本にしぼり、完成を目指すことにしたのである。春造は既に、つてを辿って大量の鶏冠を集めてあった。来る日も来る日もそれを焼いた。いくら田舎とはいえ日中作業をするとまた怪しまれるかもしれぬ。用心のため、日が暮れてからこっそりと庭に出て火をおこすのを常とした。視界に入る範囲に人家はなく、松林と海が広がっているばかりなのは幸いだった。時折海辺に人影が見えることもあったが、それでも、隣家が目と鼻の先まで迫った下谷の下宿で焼いているのとは格段の差である。

越してひと月ほど経ってからは、暮らしていくための小商い目的で、停車場前に筵を敷いていもりや蝮の黒焼を売ることにした。髪を撫でつけ、木綿の筒袖に小倉袴と身なりにも気を遣ったのは、ついでに町の者と馴染み、顔でも繋いで研究の糧となる有力な報を得よう、という意欲の表れだった。商いに向かう途中、何の気なしに立ち寄った品川神社の境内に春造は富士塚を見つけた。江戸の頃に隆盛した富士講の名残だろう。彼は手を合わせ、富士山の溶岩が積み上げられた品川富士に登った。ほんの数分で頂《いただき》まで辿り着けるような塚だったが、それでも景色が一変した。遠くの海が明るくざわめいている。いい予感が、彼の身を包んだ。

しかし、駅前に筵を敷き、種々多様な黒焼を嬉々として並べる春造に、行き交う人々の目は冷たいものだった。揃いも揃って春造と黒焼を交互に見て、気味悪そうに目を逸らす。足を止める者すらおらなかった。ここ品川の人々が黒焼自体を知らなかったのはまったく計算の外であった。町人のほとんどが漁師か海苔の養殖で生計を立てており、日々自然を相手にする彼らなりの民間療法でお茶を濁しているらしく、誰も黒焼ほどの高尚な薬に手を出さぬのだ。その上、この辺りにはやけに子供が多く（夫婦は他にすることがないのだろう）、春造が黒焼を広げていると、物珍しがって囃し立てるようなことまでするのでさすがに辟易し、早々に小商いは断念した。たった十日で諦めた。

爾来春造《じらい》は、家からほとんど出ずに、鶏冠を焼き続けている。黒焼というものは、焼きの塩梅《あんばい》が肝である。よってそれを見極めるまで、相応の時間を要する。匂いと手触り。しかし鶏冠はすこぶる、その加減を摑みづらかった。春造は毎日、空が白みはじめる頃まで作業をし、夕方近くまで寝て暮らした。お陰で雨戸は年中閉めきったまま。便所はすぐに、拭い去ったはずの青黴によって覆われた。

町に知人もおらなかった。できようはずがなかった。彼が家を出るのは、十日に一度煙草を買いに、それからほんと時折湯を浴びに。それが今や、彼と町との接点のすべてである。町に出るときだけ袴をつける。それ以外は、股引の上に古着の着物や丹前をあるだけ引っかけて寒さをやり過ごしている。洗髪すら面倒になり剃ってしまった頭では、海風が吹きつけるこの辺の冬を忍びがたく、彼はそこらに落ちている襤褸布《ぼろきれ》を頭に巻きつけて暖をとった。外に出るとき着替えるのも億劫で、気晴らしに浜辺を散歩するのは決まって陽が落ちて人気《ひとけ》が絶えてからにしていた。

飯はどうしているのか？　味噌と米の備蓄があった。田舎の年老いた母親がコツコツ送ってくれる分でしのいでいるのだ。彼は毎食、炊いた米に味噌を擦りつけて食った。飽きると、それに湯を注いで茶漬けにした。それにも飽きると、握り飯に味噌を塗り、網の上で焼いた。そこに変化はあった。

――これは兵糧《ひょうろう》なのだ。

春造は果てない研究を思って気が鬱するたび、そう己を鼓舞した。

時折、道太郎師匠の顔を思い出す。いずれ報告できる日まで、と己を励ました。

彼の周囲は森閑としていたが、耳の辺りはざわざわと騒がしかった。話し声が、彼にはよく聞こえていた。向こう側の彼らは一様に、春造の作る黒焼を請うた。それがこの世にどれほど求められているものかを訴えた。彼らは、春造の暮らしにもたびたび干渉する。竈《かまど》の前に立つと「荒神様《こうじんさま》、荒神様」と唱え、十能《じゅうのう》からうっかり炭をこぼせば笑い声がこだました。春造はいつしか、その声に耳を澄ますことが支えとなっていった。向こう側に身をたゆたわせ、心ゆくまで泳ぐのだ。どこまで泳いでもそこは、遠浅の海のように平穏で安心で心地よかった。手放しに春造が認められている唯一の世界だった。

けれどこの魅惑的な世界は、ふとした弾みにあっさり消滅するのが常だった。例えば天井裏を鼠が走り回る音に。バシッと炭が爆《は》ぜる音に。不意に突き上げてくる得体の知れない不安に。

《ある年の夏のころ、方丈広く開け通し、書院の押板に、かの硯《すずり》を置き、前の障子を開けて、長老、侍者、沙弥《しゃみ》、喝食《かつしき》等、数人座敷にいて涼むに、午《うま》の時ばかりに、人も近づかざるに、かの硯割るる音して、二つに割れて、一、二分離れ退くなり。みな人立って見れば、硯の中ほど竪《たて》にわれて虫出でたり。栗虫《くりむし》の如くにして、二分ばかりなるが板の上にあり、水もこぼれて板の上にあり》

彼は夜な夜な、江戸の頃に書かれた『奇異雑談集《きいぞうたんしゅう》』を読むことを慰めとしていた。平板すぎる、けれど微塵も心穏やかでない毎日を、空想の闇に葬る作業に勤しんだ。冬になったせいで、洋燈《ランプ》に蛾が飛び込んでボウッと燃えるような変化も彼には起こらないのだ。

鶏冠の黒焼は、冬の終わりにひとまず完成を見た。まず、振りかけてみた。自分に。なにも気持ちの変化は起こらなかった。次に富士塚に登り、参拝に来る者にこっそり散布した。みな神妙な顔を崩さず、黙然と祈って帰っていくだけだった。効果の程ははかばかしくなかった。もう鶏冠が効く時代ではないのだ。『黒焼赤蛙漫稿』の書かれた頃とは、すべてが違ってしまっている。人も、人々が抱えるものも。

春造が、御坊様の噂に接したのは、ちょうどこの頃、南品川で二度目の冬を越した頃のことだった。

＊

御坊様を見た、という子供はひと月に必ず数人現れる。

「いつ見たんじゃ」

「昨日、暮れ方」

「どんなじゃった？　なにしとった？」

「歩いとった。聞いた通りの格好だった。いろんなもん引きずって歩いとった」

「なんぞいいことあったか？」

「今朝、朝飯に生卵が出た」

子供らは集まって、これから毎日、日が暮れてから町を歩くことを約束し合う。

「みんなで歩けば怖いことはねぇよ。どしてもいっぺん、御坊様を見てぇからな」

＊

鶏冠の後に、春造が行き着いたのは百足《むかで》であった。もう古書に頼ることをやめた春造の耳に聞こえたのは、定斎屋《じょうさいや》の噂である。蝙蝠《こうもり》傘をさし、漆塗りの箱を肩に背負って町々を訪ね歩くこの定斎屋なる薬売りは、頭痛、腹下し、吐き気、しぶり腹とさまざまな病に効く薬を扱っていた。その定斎屋が最近、鬱ぎの虫に効く薬を売り出したとさかんに宣伝しているらしいのである。

「胸腹の痛を去り心思鬱閉《きぶんのふさぎ》を散じ頭痛眩暈《めまい》留飲を治し吐瀉痢病《はきくだししぶりはら》を止め舟車魚肉の酔痰咳過酒《えいたんせきのみすぎ》の苦を忘れしむ」

心思鬱閉を散じ――おのれ定斎屋！　先を越されたか。春造はすっくと立ち上がった。ふわふわした畳に、ケツの跡がくっきりついている。彼はその足でコソコソと東京に潜入、定斎と書かれた旗をちらつかせている売り子を捕まえた。蟬が鳴いている。

「はあ。薬草だのなんだの百種以上は混ぜておりますからねぇ。しかし中でも百足なんぞが効くようですよ」

客を装って成分を訊くと、あっけないほど簡単に定斎屋はそれを教えた。

「百足……」

「はあ。私はそう聞いておりますねぇ。鬱ぎの虫にはこれ以上ない薬だと。まあ、私どもの仲間内では以前からよくそんな効能が囁かれていたんですがね」

春造ははじめてその噂に接したが、「なるほど、そう言われれば聞いたことがある」なぞと話を合わせた。せっかく客を装ったのだからもっと根掘り葉掘り訊けばいいものを、妙なところで虚栄心と対抗意識が出た。

それにしても百足か。

奴は毒液を出して幼虫を捕まえ、それを食らって生きているのではなかったか。人間も攻撃するために、百足に刺された、と手や足を腫らし、恨み節を吐いている者もよく見る。その百足が、鬱ぎの虫に効くなぞ。人の不幸を救うなぞ。いや、だからかえってよいのか。毒をもって毒を制す。鬱ぎの虫なぞという得体の知れないものは、百足くらい強い毒がなければ到底御しかねる、ということではなかろうか。

春造は聞くだけ聞いて、定斎屋からはなんの薬も買わず（金がなかったのだ）、またぞろ南品川に戻り、ひっそり百足集めに奔走した。

秋と冬とを越した。半年かけて、彼はなんとか新たな黒焼を編み出すに至った。百足は、鶏冠に比べて、ずっと順調に製品として実を結んだ。試しに、自分の頭上から振りかけてみる。少しく、気持ちが明るくなった。嘘偽りなく、気分が穏やかになった。と、春造は己に言い聞かせた。心が浮き立つのは、けっして春が近いせいではない。と堅実に打ち消した。三年にも及ぶ孤独にへたばったわけでもありませんよ、と誰にともなく言い訳した。早速効能を確かめねばならない。富士塚でもよかったが、広く撒くためにはなるたけ高いところから散布する必要があった。

浅草に、凌雲閣《りょううんかく》という塔がある。十二階建て煉瓦造り、雲まで届きそうな建物だ。春造は、行った。わざわざ。麓から見上げると、凌雲閣は雲どころか天上まで突き破らんという雄姿を誇ってそびえ立っていた。春造は満足して頷いた。そしてすかさず「昇降器《エレベーター》」なる機械を探した。大人数を収容し、一息に上階まで引き上げてくれるという魔法の箱――なる下調べは十二分にしてあるものの、新聞で読んだきり、実際乗ったことも見たこともない彼には、それがぜんたいどういった姿形をしているのか想像もつかない。心躍らせながら、館内をせかせかと歩き回って昇降器を探した。隅々までくまなく歩いた。そして、「修理中・危険」というそっけない張り紙により防衛されている鉄の扉を見つけた。

「歩いて上ってください」

係りの者が冷たく言い放った。

彼は物見遊山の客に混じって、いたずらに長い螺旋《らせん》階段を一歩一歩上っていかねばならなかった。息が上がる。汗が額をぬめらせる。こめかみの静脈が容赦なく音を立てた。膝から下が、無様なほどに震え出す。

頂上に着いたときは、汗みどろになっていた。しかもそこら中にはしゃいだ子供の声が蔓延《まんえん》しており、彼を心底うんざりさせた。春造はそれら小さな粒を掻き分けて、なんとか縁《へり》まで辿り着いた。思わずピューと鼻が鳴った。さっきまで葦《あし》に妨げられてわずかな水面しか見えなかったひょうたん池が一望のもとに見渡せた。左手には、富士山や丹沢がそびえ、駒ヶ岳、足柄山、反対側に回ると箱根の山まで見ることができる。遥か遠くが、すぐそばにあった。真下に、彼は視線を落とした。人々が白ごまのようだった。

「よし。いいぞ」

春造は斜め掛けした頭陀袋《ずだぶくろ》の中から百足の黒焼の入った小箱を取り出した。ひとつ、唾を飲んだ。ガラスを爪で引っ掻いたような奇っ怪な音で喉が鳴った。

「どうぞ、すべての人が鬱ぎの虫から解き放たれ、幸せな心持ちになれますように」

春造は、この世に生まれ落ちたときより遥かに純粋であろう心根で、箱に向かって祈念した。厳かに小箱を開け、細かく砕いた粉末状の黒焼を一握り摑んだ。焼香でもするようにその手を額に押し当て、それから前方に大きく腕を投げ出し、勢いよく撒いた。黒い粉が春の強風に舞って、彼の目の前で一回転した。まるで生みの親である春造に、黒焼が最後の礼をしたようだった。

——あなたの志は、わたしらちゃんと受け継ぎますからぁ。

「痛いっ！」

思わぬところから声がして、春造は振り向いた。少し離れたところに立っている少年が片眼を押さえている。

「どないしたんや、坊」

すぐ後ろにいた母親らしき女が、少年を覗き込んだ。

「黒い粉が飛んできて、目に入ってん。あのおっさんが飛ばしよったんや」

少年はなんのためらいもなく春造を指さした。撒くのを見ていたくせになぜ避けなかったのか、と春造は腹を立て、それから粉が降りかかったにもかかわらず少年が幸福というよりむしろ災難に遭っていることに動じた。

「あんた！　うちの坊になにしてくれますのん。なんで灰なんて撒きますのん。え？　なんの嫌がらせですのん」

母親は噛みつかんばかりの勢いで、春造に詰め寄った。

「灰ではありません、黒焼で……」

「黒焼？　なんであんた、この子にそないなもん振りかけますのん。いもりの黒焼でっしゃろ？　この子の精力をどないしようて企んではりますのん」

春造は、女が黒焼を知っていることに驚き、しかも効能まで把握していることに内心狂喜した。久方ぶりに、黒焼の意義を認めた人間に巡り会えたのだ。懐かしい知己に会ったような心易さを、春造は、首が鏡餅状にたるんだこの女に感じた。

「お詳しいですな、黒焼に」

「そらそうや。黒焼は上方が元祖でっさかいにな。落語にもありまっしゃろ」

上方に黒焼が？　春造は愕然とした。しかも向こうのほうが歴史が古いらしい。黒焼のことなら知り尽くしているような気でいたが、こんな初歩的なことも知らなかったのかと、己を責めつつ女を凝視した。

「なんですのん」

女が後退《あとずさ》り、春造は正気付いた。

「あの、これはいもりの黒焼ではないんです。もっと素晴らしい効能があってですね、振りかけるだけでも十分に……」

「なんでもよろしわ。そないな迷信」

「迷信？　今、迷信と？　まさかっ迷信なんぞじゃございませんよ！　黒焼は！」

春造が突如激昂したのを見て、女はひどく気味悪そうに肩をすくめた。そうしてすみやかに目を逸らし、「なあ坊。大丈夫か？」と、周りに同情を求めるような甘ったるい声で子をいたわった。春造たちは、いつの間にか野次馬に取り囲まれている。

「大丈夫やない。痛い。辛い」

少年もまた、哀れを誘うような痛がり方をした。

「もう下りよう、なぁ、坊。下で飴でも買うたるさかい。あーあ、せっかくの東京見物に味噌がついてもうたなぁ。気ぃ悪いこっちゃなぁ、坊」

「あのっ、でしたら」

春造は食い下がる。

「もう一度この黒焼を振りかけさせていただけませんか？　振りか

けるだけで鬱ぎの虫が退散し、気が晴れ、心が穏やかになるものに確かに仕上がっておりますから」

女は静かに振り返った。口の端には、あざ笑いの欠片が貼り付いている。

「お願いします。もう一度、この黒焼を」

女は鼻からふんと息を抜き、

「なんや知らんけど、気ぃ晴らすくらいのことで、なんであんたみたいなうちのことなんも知らんような赤の他人の手ぇ借りなあかんの」

叩きつけるようにそれだけ言って、半べそで目を擦り続ける少年の手を引き、階段へと消えていった。残された春造は衆目を集めることとなり、ひとり居心地悪くうつむいた。

また長い時間をかけて階段を下り、春造はひょうたん池の前に立った。二、三の楽しそうにしている人々を見た。しかしそれが、彼の撒いた黒焼によるものとは思われなかった。大概の人は急に吹いてきた強風に身体を持って行かれぬよう険しい顔つきで歩いていたし、並んだ店の呼び子たちは「世は滅せよ」と言わんばかりの白け顔で呼び込みをしているからだ。

世界は、なにも変わらなかった。

春造は早々に品川へと潰走《かいそう》した。そしてそれからしばらく万年床に丸まったきりになった。もう黒焼はやめるか、孫太郎虫でも売ろうか。力なく逡巡した。けれどこうして落胆し、煩悶するに値するほど、自分が黒焼を信じていたかといえばそれも怪しいものだった。

黒焼を極めたかったのか、それとも自分自身を眺めのいい場所に引きずり上げたかっただけなのか。

春だというのに、どこからか吹き込んでくる風は冷たい。彼はカチカチに固まった手を火打ち石よろしくこすり合わせ、また『奇異雑談集』を読みはじめる。

ところで、硯から出た栗虫はどうなったか？

長老が殺すべからずと言って、庭の池に投げ込んだ。

《かのむし水中にて屈伸《かがみのびつ》すれば、見る見る大になる。

晴れたる空、にはかに曇り、黒雲《くろくも》くだりて、蓮池の水騒ぐゆへに、
長老、僧衆みな逃げされば、電雷庭におちて、鳴動し、黒雲寺中にお

ほふ。
数刻あって、雲中に竜の頭見え隠れ、雲天にのぼれば、竜の手足見え、あるひは尾の先、時々見えて昇りゆく》

栗虫は、硯を作った石に紛れ込んでいた竜の子だったのだ。

彼は文机の隅に並んでいる乳鉢をひとつ取り上げ、洋燈の光にかざす。竜の子が混じっている気配はありそうにもない。

御坊様とやらに会ってみたいと思う。噂はしぶとく、この田舎町に根づいていた。未だ「御坊様を見た」という子供が絶えないためであった。

せっかくこの町に来たのだ。一粒でもいい、変化を欲していた。

その日春造は、品川の町に久しぶりに出た。局留めになっている母親からの荷物（おそらく米だ）を受け取りに行くためである。着荷を知らせる電報が昨晩届き、彼はいてもたってもいられず、久々にまともな服装に身を整えて町へと足を急がせている。こういうところにだけは律儀な自分に嫌気が差した。遁世を決め込んでいるようで、生きることに執着しているのである。

「赤蛙に、蝦蟇蛙、蝮の黒焼はいかがでしょうか。夜泣き、疳の虫にもよく効きます」

春造は急《せ》いていた足をピタリと止め、穴から顔を出したイタチのような素早さで辺りを見渡した。懐かしい声だった。確かに、あの日に聞いた声だ。停車場の周辺では、多くの人々が右へ左へ移動している。

春造はよくよく目を凝らした。声を逃すまいと耳をそばだてた。

ほどなくして「あ！」と叫び、一散に走り出した。そして、停車場脇から路地裏に入り込もうとしている脚絆甲掛の男の腕を、むんずと摑んだ。

「道太郎師匠！」

道太郎は、見知らぬ男に突然呼び止められて、恐々とした顔つきになった。春造の風体はこの三年で、それほどまでに変貌していた。道太郎は怯《おび》えつつも、春造を凝視する。ややあって、「もしや、あんた」と呻いた。春造は、力強く頷いた。

道太郎は未だにあの下谷万年町の黒焼屋に勤め、赤蛙を売り歩いているということだった。とはいえ昨今急に西洋医学が台頭し、疳の虫に赤蛙を食わせる母親も少なくなったから、東京だけではなく川崎や品川まで足を延ばしているのだ、と苦く笑いながら語った。

「どこもかしこも西洋化で、最近の母親は蛙の皮を剝くことすらできないってんだからお笑いぐさだよ」

懐から吸殻を取り出し、埃を払ってから近くのたき火で器用に火をつけ、道太郎は旨そうにそれを喫った。

「それでか。それでいくら僕が黒焼の極みを作っても、誰も振り向かないわけだ。はなから効能を受け入れる土壌がないんですよ。僕が問題なのではなく、世間のほうに問題がありましたよ」

ようやく得心がいった春造に、間髪入れずに道太郎は言った。

「黒焼の極み？　なんだい、そりゃ」

春造は耳を疑った。この道太郎にいつの日か研究の成果を報告するという目標は、春造の中でまだ失われてはいないのだ。

「前に、お伝えしたじゃないですか。あの振りかけるだけで万人が幸せに……。師匠も賛同してくださすったじゃないですか」

「私がかい？　そうだったかねぇ？　まったく覚えてないな」

恐ろしいほど軽々しい口調である。道太郎は、わざわざ煙草の煙を輪っかの形に吐き出してから、思い出したように「幸せ？」と反復して、口に残っていた煙を、堪えきれなくなったようにプーッと噴き出した。煙が上っていく先では、桜の木が薄桃色に空を彩っている。道太郎は桜を仰いで、「ああ、いい季節だ」とうっとりした様子で言った。

「私はこの桜を長いこと、吉野桜と呼んでたんだがね、本当は染井吉野という名らしいよ。最近、正式な学名がつけられたんだとさ。奈良の吉野桜と一緒くたになって紛らわしいからってね。なんで染井とついたか、あんた知ってるかい？」

春造は、即座に首を横に振った。そんな桜の話など、今はどうでもいいのだ。

「染井に店を開いていた植木屋が、はじめに売り出したかららしい。ところがその話には裏があってさ、この桜を、御一新前にそこの植木職人が造ったって噂がある。本当かねえ？」

「桜を造るなんて、そんなことが人にできるわけもないでしょう。どうせ鳥かなにかが運んできた種から芽が生えてきたのを、珍しいから売ったんですよ、植木屋が」

ひどい剣幕で、春造は道太郎の推論を打ち消した。一刻も早く、こんな話は終わらせねばならない。

「だいたいこの桜は、東京でしたらどこへ行ってもあるでしょう。この桜がなければ春は語れないくらいのものじゃありませんか。それほどのものを人が作れるわけはないでしょう」

「まあ、そうだろうね。そうだろうが、誰かが作ったとしたらすごいことだと思ってね。私は毎年、この桜を見ると明るい気持ちになるんだよ。心を救われているんだね」

まったく見事なきれいさだな、と道太郎は再び木を仰いだ。春造は、人のことなど一切お構いなしに話を進める道太郎に苛立ちを募らせていた。聞いて欲しいことも、共感して欲しいことも、相談したいことも山とあるのに。

「師匠、そんなことより私の黒焼ですが」

道太郎はそれを遮るように、春造の顔の前に手をかざした。

「あのねぇ。あんたがうちにいたとき、私は確か五十七だか八だかだった。世間じゃ立派な老人だが、自分の気持ちの上ではようやっとその域に入ったと感じていた頃でね、年寄りらしい物わかりのよさを装おうと必死だったんだな。特にあんたみたいな若い者に対してさ。だからよく飲み込めない話でも、適当に合わせていた気がするよ。やっぱり、人生をいい形でまっとうしたい、なにか悟った老人になりたいという欲があったんだね。まだ他人の目を意識していたんだよ」

また、輪っかの形に煙を吐く。

「今、私は六十一だ。身も心も、もう立派な年寄りだ。ところが実際そうなるとね、他人なんぞどうでもよくなっちまうんだよ。義理も遠慮も思いやりも捨てたね。よその人間が泣こうが死のうが悩もうが、どうでもいいんだ。自分が人からどう思われようが、それだってどうでもいいくらいさ」

道太郎は煙草をもみ消し、緊張感のない欠伸をひとつこぼした。

「私はあの頃、なぜまたいい年寄りになろうだなぞと考えたのかねぇ。今じゃもう、そんなくだらんことのために努力するなんで、まっぴら御免だが」

老人は言って、商売道具を背負い直すと気持ちよさそうに伸びをした。染井吉野の花びらが、その頭上に美しい吹雪となって降り注いだ。

「まあ、あんたもせいぜい、十分に年を取るといい。こいつぁ存外いいものだよ。なにしろ、すっかり自由になれるんだから」

そろそろ行くよ、日が暮れちまう、と言い残し、道太郎は驚くほどあっさり背を向けた。

「赤蛙に、蝦蟇蛙、蝮の黒焼はいかがでしょうか〜。夜泣き、疳の虫にもよく効きます〜」

声が遠くなっていく中で、春造を保っていた唯一の糸が、静かに切れる音が聞こえた。

米を受け取るのも忘れ、家に続く海辺の道をとぼとぼと歩いた。頼りない陽光が西の海に果てかけている。鬱陶しい磯臭さがまとわりつく。ベカ船に乗った男たちが、潮の引いた海からシビを引き上げている。どろりと木枠を埋め尽くした海苔を、男たちは黙々と採っていた。

「くだらん労働だ」と春造は胸の中で毒づいた。

と、ベカ船に乗ったひとりの男が、ついと顔を上げたのである。

「あんた」

明らかに、春造に呼びかけた。遠くにいるのに、声だけは耳元で囁かれたようにはっきり聞こえる。

「聞いて呆れるよ。撒いただけで幸せになる秘薬だって？」

春造は、突然の言い条に言葉をなくした。別の男が顔を上げる。

「効能？　そんなものですべてをまかなえると信じてでもいるのか」

哄笑が聞こえた。柏田や添川、店主に浴びせられたものより、ずっと冷え切った笑い声だった。

「あんたに比べれば、俺らのやっていることのほうがずっと確かだ」

また、別の男が顔を上げた。

「もともと形を持たぬものを、無理矢理表出させようとするからだ。だから酷い目を見るのだ。そんな愚かなことを考えるから」

男たちは顔を見合わせて、笑った。全員の歯が海苔を反射し、青黒く光っていた。

春造は、しばし弥次郎兵衛のような格好でうろたえていたが、やっとの思いで「うるさい！」と吠えた。けれど、それは声にはならなかった。彼の声はとうに枯渇していた。男たちが、そのざまを見てまた嘲笑した。

春造は海のほうを睨めつけながら、地面を蹴り、懸命に砂を掛けた。それが男たちに届かぬと知るや、突然夕陽を避けるように背をひるがえし、そのまま全速力で駆け出した。駆けても駆けても、笑い声が追ってくる。男たちの笑い声だ。いや、もっと多くの人間の声も混じっていたかもしれない。

道は、春造の前に非情にも続いている。彼は延々走る。足がもつれたが走った。駆け続けなければならない。ずっとまっすぐ進んでいかなければいけない。本当は引き返したい、違う道を行きたいのに、この延々続く歪んだ道を、駆け続けなければならないのだ。鼓動によって胸から肩にかけて押し潰されそうになる。それでも、足は止まろうとはしなかった。

前方に、品川富士が見える。春造はギリギリのところで舵を左に切った。境内に逃げ込み一気に富士塚を登り切った。

頂に立つと、やっと追ってくる声はなくなった。景色は漆黒に溶けようとしていた。闇だ、と春造は胸の内で呟いた。今や彼が唯一、身を預けられる世界だ。目の前には、見事になんの灯りも見えなかった。なんの音も聞こえなかった。彼は、ジッと立ちつくした。息が少しずつ静まっていった。辺りを微動だにせぬ静寂が覆った。彼はまだ動かない。そのまま富士塚の溶岩と同化してしまうのではなかろうか、と思われたそのとき、突如、狂ったように岩を蹴りはじめた。両の拳を振り上げ、膝が胸につかんばかりに足を高く上げ、下駄の歯も砕けよと富士を踏みつけた。

「なにが富士塚だ、なにがっ」

取り戻した彼の声が叫んでいた。

「お為ごかしがっ、お為ごかしのくせに」

春造はしゃがんで、塚に埋め込んである溶岩を、どこにそんな力が宿っていたのか、凄まじい勢いで持ち上げた。

「なぜ本物に登らぬのかっ」

頭上高く掲げた溶岩を、咆哮《ほうこう》とともに放り投げた。岩が転がっていく鈍い音が、闇の中から禍々しく響いた。

春造は、気を静めるように胸に手をやり、その手を翼のような格好で左右に広げた。瞑目したまま、一歩、また一歩と踏み出した。すぐに、頂の縁まで来た。崖の感触を、彼は足裏に感じた。大きく息を吸い、大きく吐き出し、小さく頷く。目の中には、凌雲閣から見えた景色が広がっていた。一層大きく、手を広げる。

足が富士塚の縁を蹴り、彼は空へと投げ出された。

＊

子供らの御坊様探しは、もはや倦怠の色が濃くなっていた。このひと月ほど、御坊様はぱったり姿を現さなくなっていたのだ。浜の近くをうろついても、その姿を見つけることはできなかった。かつて「御坊様を見た」と言った子供らが疑われはじめた。

「ほんとに見たんじゃ。それにいいことがあったんじゃ。朝に、生卵が出て」

彼らが抗弁しても、御坊様を見ていない子供たちは疑わしげな目を向ける。

「生卵が『いいこと』か？」

一人の子が言った。俺は生卵が嫌いだから別段「いいこと」にはならないと屁理屈をこねた。他の子供たちは急に熱が冷めたようになった。道の真ん中で全員が立ち止まった。

「だいたい、いいことってなんじゃ？」

「………」

子供らはお互い顔を見合わせた。誰もが、ひどく無駄なことをしているような気になった。どこからかカラスの寝言が聞こえる。もう帰ろうとひとりが言い、みなその言葉に従った。

＊

春造はまた、机に向かっている。新たな黒焼を作るためである。

彼の額の擦り傷に塗られた軟膏《なんこう》が、洋燈の灯にギラギラ光った。高さ二丈のなだらかな富士塚は、なにをするにも低すぎた。あのあと町へ出たとき、「どこの餓鬼だ、こんな悪さをするのは」と大人たちが溶岩をもとあった場所に埋め込んでいるのも、彼は目にした。

洋燈が変に眩しく、彼は小手をかざす。効能なんぞという厄介なものに囚われた己の身を呪った。これ以上灯りにさらされるのが恐ろしくなり、夜の景色へと走り出た。

風が強い。防風林をごうごうと鳴らしている。彼の、適当に引っかけた幾重もの着物が、風にバサバサとなびいた。普段こごめた背にずるずる引きずられているだけなのに、今宵はやけに勇壮に羽ばたいている。春造は思わず舌打ちをした。彼の付属品は、彼より遥かに変化に富んでいるらしかった。ほっかむりが風に飛ばされそうで、慌てて取り去り、懐にねじ込んだ。坊主頭を風が乱暴に嬲《なぶ》っていった。

遠くから提灯の灯りが近づいてくる。家でしている格好を人に見られることを極端に恐れる春造は、普段であればとっさに身を隠すところだったが、この頃はもうそんな余裕すらなくなっている。見れば子供らの集団である。なんだ、益体《やくたい》もない。春造は堂々と歩を進めた。

暗がりで集団とすれ違う直前だった。

「あ！」

ひとりの幼げな声が響いた。一斉に子供らの視線が春造に集まり、途端に群れがざわついた。

「で、出たよーう！」
二、三の悲鳴を合図に、子供らはギャーーッと叫んで、一斉に駆け出した。突然のことに春造は呆然と立ちすくんだ。豆粒ほどになった子供らの間から、
「やっぱりおるんじゃ！　ほんとにおるんじゃ！」

「よかった。諦めんでよかったのう！」

「わしらがちゃんと信じておったから会えたんじゃ」

と狂ったようなはしゃぎ声がわらわらと立ち上った。

春造は辺りを見回す。漆黒の闇が広がっているばかりであった。子供らの騒ぐ理由が皆目わからず、顔を歪めた。

「くそっ。馬鹿にしくさって……」

呟いて、世を拗《す》ねた。華やかな歓声を頭の後ろで聞きながら、今宵こそ、乳鉢のひとつでも割れて、中から竜の子が生まれ出てくれぬだろうか、と春造は心の底から念じていた。

三　茗荷谷の猫

茗荷谷町

庭の、物置の床下に、猫が巣を作っている。

朝のまだ明け切らぬうちに、草木に水をやろうと庭に降りかけた文《ふみ》枝《え》は、椿の木の麓に落ちている毛糸玉を見つけた。そろそろと寄ると三つの毛糸玉は、まだムラのある毛並を上下させ、小さな寝息を立てていた。文枝は頬をゆるませ、傍らにしゃがみ込んで、手を伸ばす。

ドサリ、とそのとき目の前に落ちてきたものがあった。文枝は驚いて、手を引いた。どこで見ていたのか、黒い斑《ぶち》の猫が塀を跳び越えて現れ、子猫の前にはだかったのだ。母猫は、文枝に向けて低い声で唸《うな》る。彼女が腰を浮かすと、いっそう激しい唸り声で威嚇する。それまで安穏と寝ていた三匹の子猫は目を覚まし、訓練でもしてきたような正確さで、物置の下に身を隠した。文枝は諦めて立ち上がり、後退《あとずさ》って力なく濡れ縁に腰を下ろした。思いがけない疎外感が礫《つぶて》となって投げ込まれ、彼女の内側に大きな波紋を広げていた。母猫が最後に痰を吐くような声を残して子猫の待つ床下に潜り込んでしまってから、文枝は遠慮がちに立ち上がり、溜めておいた雨水を柄杓《ひしゃく》で庭に撒いた。物置の下では母猫が、彼女の一挙一動を黄緑に熟《う》んだ目で追っている。

緒方は、ひと月に一度ほどの割合で、茗荷谷《みょうがだに》にある文枝の家に顔を出す。

夏の間は決まって、斜《はす》にかぶったパナマ帽と絽《ろ》の着流しというのがこの初老の男の出立ちで、墨絵の山水があしらわれた扇子を顔の前でせわしなく動かしながら格子を跨《また》ぎ、「いやはや、しかし、まったくねぇ」と、どの話から繋がっているのかわからぬ言葉を投げかけるのが挨拶のようになっていた。暑そうに顔をしかめているわりには、沓《くつ》脱《ぬ》ぎに立った緒方の額には汗粒ひとつ浮いておらず、衿にも汗染みひとつないのが、文枝には常々不思議であった。

「今月は一枚きりしか売れませんで……申し訳ないけれど」

別段彼のせいでもないのに、わずかな報酬を彼女に渡す段、そう言って恐縮するのもいつものことだ。

緒方の職をなんといえばよいか。

画商というわけではない。画商と画家の仲立をして、作品を周旋する役といえば近いだろうか。めぼしい絵描きと契約し、彼らの家々を御用聞きさながらに回っては眼鏡にかなった絵を引き取り、それを画商に斡旋して、売れればその金額の何割かを懐に収め、残りを作家に届けるまでが、彼の仕事ということになる。作品が必ず売れる約束はないのに、そんなことで生計が立つのかと文枝は時折案じたが、彼は幾人もの芸術家の周旋を請け負っているようで、その全員が、自分のように売れ行きのかんばしくない作家というわけではなかろうから存外うまく運ぶのだろう、と少々自嘲気味に納得していた。緒方が他にどのような画家と関わりがあるのか、彼女は知らない。そこにはお互い触れないのが、暗黙の了解になっていた。

「どうぞ、おあがりになってください。今、お茶でも淹《い》れますから」

文枝が言うと、緒方はひょっと帽子を持ち上げてから下駄を脱ぎ、迷いなく奥の座敷に通って、庭のよく見渡せる場所に音も立てずに正座した。見ようによっては馴れ馴れしくも厚かましくもとれる態度なのに、緒方の佇まいはどこか遠慮がちで、どんなときでもかしこまった空気を纏《まと》っているのだった。

緒方は、初めて会ったときからこんな風に、音も立てずに文枝の隣に佇んでいたのだ。

知り合いがやっている食堂があるから、その一角を借りて小さな展覧会をしたらどうだろう。そう言ったのは文枝の夫で、画学校を出てから家事の合間にコツコツ描きためてきた絵をこのまま家に寝かしておくのはもったいないから、と勝手に会場と話をつけてきてしまった。素人《しろうと》の絵を飾らせてもらうなんて申し訳ないと彼女は尻込みしたが、「なにも本式にやろうというんじゃない。趣味で描いたものを見てもらうだけだ、気楽に考えればいいよ」と、夫は強引に食堂へと絵を運んだのだ。

展覧会の評判は軒並みよかった。もっとも、訪れるのは彼女の知人だけだったから、それも当然のことなのだ。文枝は、毎日女給のように食堂の片隅にいて、訪問客の相手に追われた。日が経つにつれ、ごく少数の身近な人間たちと手を取り合って小さい輪っかを作り、外界から身を守るための垣根を模しているような、なんとも虚しい心持ちになった。自分を、ひどくみすぼらしく感じた。それでも来る人は絵を褒める。ひらひらとした言葉で、ただ、褒めた。

――いっそ会期を縮めさせてもらおうか。

そんな風に思いはじめた矢先のことだ。毎日のように会場に通ってきている男の存在に気付いたのは。男の顔には見覚えがなかった。短く刈り込まれた髪はすでに半分ほどが白く、着流し姿が、あたかもそれを着て生まれ出て来たかのように板についていた。男は、誰かの付き添いで来たわけでも、文枝の知人の紹介で来たわけでもないようだった。常にひとりでそこにおり、義理で来る人がそうするように、文枝に一声掛けることもしなかった。ただ毎日開店とほとんど同時に店に現れては、絵がもっともよく見渡せる椅子に腰掛け、何時間もかけて作品のひとつひとつを丹念に眺めていく。絵が勝手に動き出すとでも思っているのか、一時もそこから目を離そうとはしなかった。男の存在は、会場の雰囲気を静かに狂わせるほど奇異だった。

だから展覧会の最終日、小さくなって食堂の隅に座っていた文枝に男が話しかけてきたとき、彼女はあらかじめそう決められていたかのような平静な気持ちで彼と向き合うことができた。ただし、緒方と名乗ったその男が持ちかけてきた話は、少なからず彼女を驚かせるものだった。あなたの絵はきちんと画廊で扱ったほうがいい、その水準にある絵ですよ。彼はその胡散臭《うさんくさ》げな風体に似合わぬ、重みと落ち着きのある澄んだ声でそう説いたのだ。

彼女はここでも尻込みをした。しかしそれは展覧会を開くときとは異なり、もう少し形式的なものだった。そのときには文枝はもう、どこか摑み所のない緒方という人物をすっかり信じていたらしかった。

早速彼女は、勤めから帰ってきた夫にことの成り行きを告げた。夫はきっと驚き、展覧会を開いた甲斐があったな、と喜んでくれるに違いない。彼に贈り物でもするような顔で、文枝は語った。けれど話を聞き終えた夫は、表情を白くして鈍い声を出したのだ。

「無理をすることはないよ。暮らしに困っているわけじゃあないだろう」

不機嫌が端々から滲《にじ》んでいた。落胆しているようでもあった。豹変の理由が、彼女にはうまく汲めなかった。

「だいたいその男、信じられる奴なのか？」

「なんとなく、そう思えるけれど」

「なんとなくじゃあ駄目だ」

夫が、これほど尖《とが》った声を出す人だったということを、文枝はこのとき初めて知った。

「それでも、やってみたいから……」

抗《あらが》うように吐き出された台詞に、彼女自身が狼狽《ろうばい》した。いったい、自分のどこにそんな気持ちが眠っていたのだろう。会ったばかりの人間を信じるようなことも、その人物の申し出を簡単に受けることも、今までの文枝にはないことだった。自分の中身が、緒方との出会いを境に不意にすり替わってしまったような、奇妙な感覚に囚われた。

「……そうか。それなら君が思う通りにすればいいよ」

夫はいつもの穏やかな様子に戻り「飯にしよう。腹が減ったよ」とさっぱり笑った。宇田川の流れる音がはっきり聞こえていたから、暑い時期のことだったろう。あの頃はまだ、夫が勤めていた役場に近い、渋谷町という畑や雑木林が残る田舎に住んでいた。汁物を温め直しながら文枝は、静かすぎるこの環境を、すでに遠くに感じはじめていた。あまり出向いたことのない都会の画廊に自分の絵が飾られている様子を、夫に感づかれぬように空想した。

黒豆を煎《い》った茶を出すと、緒方はいかにもうまそうにそれをすすった。はじめて会ったときからもう十年は過ぎているというのに、彼の風貌は少しも変わらない。そして長く一緒に仕事をしてきたにもかか

わらず、未だにどこか謎めいて遠い人物だった。庭木を占拠して騒いでいる油蟬を見上げて彼は、

「どうです、今日いただいてゆける絵はありそうですか？」

と、緩やかに言った。彼女はうつむき、首を横に振る。

「どうも最近、難しくて」

緒方はなにも問わずに目線をゆっくり下ろしていった。物置の下から頭だけ出した親猫が、新たな異物を見つけたとでもいう風に、注意深く緒方を睨んでいる。

「猫ですか。困ったものですな」

ハッとなるほど気鬱な声を出した。

「……猫は、そんなに困るものでしょうか？」

緒方はそれには応えず、茶を一息に飲み干してから、

「それにしても、世の中が変わったからでしょうか」

と口にした。てっきり猫の話だと身を乗り出した彼女の耳に聞こえたのは、評判の画家たちの名前だった。

「大正も十年を過ぎて、絵画のありようも変わってまいりましてね、鏑木《かぶらき》先生のように挿絵で名を成してから本画を描く方もおられるし、中には呉服店と組んで和装の婦人を描くようなことをされておる方もおいでだと聞きますよ、絵で流行を作ろうという魂胆のようですな」

今度は、文枝が庭に目を転じる番だった。夢か現《うつつ》か判然としない、抽象的な風景ばかりを描く文枝の絵は売り物としては扱いづらいのだろう、それは緒方がここを訪れるたびにこぼしてゆく幾多の四方山話

の中から、近頃頻繁に匂い立つようになっていた。彼女は、緒方の本音に気付かぬふりをすることにそろそろ飽いていた。たぶんそれ以上に緒方は、直截に言わぬよう気を遣いながら、言葉を選んで同じ話をすることに倦《う》んでいるはずだった。

世の中、「文化」が流行しておりますからなぁ。そら、すぐそこにも文化村というヤツができているでしょう、洋風の屋敷が並びはじめておりますよ、絵を見たり、レコードを聴いたり、そういうことがしきりと流行《はや》って。あなたはまだお若いから、私なんぞよりお詳しいかもしれませんが。しかし、ひとつの創作が多くの人に請われることで文化になってゆく、これは素晴しいことのようにも思うんですよ。

緒方が明るい口調で言えば言うほど、彼女は小さくなった。しまいにふたりうつむいて、気ぶっせいな長い沈黙が流れた。

私はただ、私の絵を描いていきたいのです。

それだけのことがどうしても言えなかった。

「……それにしても猫ですか、困りものですな」

話すことがすっかりなくなってしまうと、緒方は暗い声で蒸し返し、物置の下を眺めて嘆息した。

「ではまた来月。新しい絵ができた頃合いを見て寄らせて頂きましょう」

緒方は帯下にできた座り皺《じわ》を神経質に伸ばし、帰って行った。

緒方がどこに住んでいるのか、文枝は知らない。彼が出入りしている二、三の画廊は知っているが、緒方はそこに詰めているわけでもないらしく、一度急の用事があって画廊の主人に彼の所在を訊《たず》ねたときも「それは私どもも伺っていないんですよ」という曖昧な返事しか得られなかった。

文枝の家がある茗荷谷辺りは坂が多い。それも蛙坂だの切支丹《キリシタン》坂だの薬罐《やかん》坂だの珍妙な名の坂ばかりで、緒方はそれが面白いのか、その日通ってきた坂の名をよく得意げに告げた。それにしても毎回、通る坂も訪れる道筋も異なるのはどうしたわけか。彼はいったい、どこからやって来るのか。

文枝は緒方が帰った後、絵筆をとる気にもなれず、がま口ひとつ袂《たもと》に忍ばせてふらりと家を出た。玄関の敷居を跨いだとき、庭のほうでゴソゴソなにかが動く気配が伝わってきた。大方、鬼の居ぬ間にとばかりに、猫が物置の床下から這い出たのだろう。

彼女はあてもなく町を歩く。いつもの商店街には足が向かず、不忍《しのばず》通りから護国寺のほうへ向かったのは、さっきの緒方の話が頭に残っていたせいかもしれない。坂上から眺めると護国寺の瓦が夏の日に青々と照っていた。坂を下ってしばらく歩くうち、異国の水にザッと潜らせたような洋風住宅の建ち並ぶ一画に紛れ込んだ。茗荷谷辺から来ると、国境を越えてしまったかのような距離を感じた。そこかしこから、西洋の香りが立ち上る。新しい世の中の香りが。

造成地にできあがりつつある文化村の、バンガロー風な家の窓辺に吊された白いカーテンを物珍しく眺めつつ、家々の間を縫う道を辿った。

——もしあの人が生きていたら、私も世間の主婦と同じようにこういう暮らしに憧れたろうか。

夫と自分の姿を、カーテンの内側に想像した。白い丸テーブルについた夫に、紅茶をついだ西洋のカップを渡す自分の姿を。

文枝が今住んでいる茗荷谷の一軒家は、テーブルや寝台など似合わぬ、六畳と四畳半二間きりの木造の古屋だ。けれど彼女は、南に大きくとられた窓や、そこから見える椿や山茶花《さざんか》が植わった小さな庭の風情が好きだった。

借家住まいで十分だったのに、三十になったばかりの夫が文枝に内緒でこの家を買ったとき、うれしいより先に、戸惑ったものだ。

「こんな贅沢をして」

なにに対するものなのか、申し訳なさが先に立って、手放しで喜ぶことはできなかった。それまで渋谷の野っぱらに住んでいたふたりにとって、茗荷谷という山の手の地はどこか構えを要する場所でもあった。

「家があれば安心だからね。なにかあったときに」

「なにかだなんて……」

「仮の話だ。それに随分安かったんだ。御覧の通りボロ家だからな」

「ボロ家なんかじゃないわ。そんなこと言ったら罰が当たる」

「まあね、これでも雨風だけは十分しのげるさ」

夫は照れくさいのか、あさっての方を向いた。ぎこちない所作で彼女が部屋にあがると、ギィギィと床から悲鳴が上がった。手垢で黒光りしている太い柱を見つけ、手で触れたら家が少しだけ馴染んだ気がした。

「でも、ここからだと役場に通うのが大変でしょ」

「いくらも変わらないよ。それよりここのほうが、君が絵を描くにもいいだろう。町も文化的でいい刺激になるだろう」

夫は庭に面した窓に寄りかかっている。長い間空き家だったらしく、庭は荒れ果てていた。

「ここには木を植えよう。花の咲く木だけ植えるんだ」

夫がここに暮らしたのは、三年に満たない月日だった。

それでもこの家はまだ、夫の生きた気配をその内側に保っている。

彼女はここにいることで、唯一彼を繋ぎ止めていられるように思っていた。けれどもそれ以外の夫の面影や思い出はすべて死の色に覆われてしまっており、それを彼女は言いようもなく罪深く感じていた。

猫の巣は、まだ、物置の下にある。

警戒心の強い動物だから根城は頻繁に変えるのだと以前聞いたことがあったが、案に反してしぶとい。ようよう毛の生えそろった三匹の子猫は黒の斑とトラで、いずくかをさまよっている父猫はトラなのだと知れる。母猫は相変わらず、憎悪を隠さぬ目を文枝に向け、彼女が庭に降りることすら許そうとしなかった。床下の奥からは、幼げな細い声が代わる代わる漏れていた。親の疑心と子の無邪気が対極すぎて、それがそのまま自分と外界との不格好な関係を照射しているような気がして、文枝は居心地が悪くなる。

八月になってすぐの月曜日、緒方はいつものように洒脱な着流しに身を包んで茗荷谷に現れた。今月は頑張ってなんとかこれだけいきました。指を三本立てて、ギリギリひと月食べていけるだけの額を彼女に手渡した。

「ということは、熱い番茶がよろしいですな」

緒方はまた、どこから続いているのかわからぬことを言って、夏の盛りとは思えぬ所望をする。文枝が番茶を用意すると、例の如く汗ひとつ浮かべず、湯気の中に顔を埋めた。

「いい香りだ。人は邪道だと言いますがね、私は番茶が一番好きでね」

人心地ついた頃合いを見て、彼女は描き上がったばかりの絵を緒方に渡す。何度繰り返しても、緒方に新たな絵を見せるのは気の張ることだった。なにかを一気に暴《あば》かれてしまいそうな恐怖がつきまとった。

「鮮やかですな」

緒方は最初に会ったときの、なにかが動き出す瞬間を射止めるような目でしばらく絵を眺めたあとにそう言って、用心深い手つきで袱紗《ふくさ》に包んだ。

彼は絵の感想を「鮮やかですな」という言葉以外で語ることをしなかった。初めの頃彼女は、それを随分不満に感じていた。この人は本当に絵がわかっているのだろうか、と怪しみもした。こんな通り一遍の褒め言葉でよしとするような人物に、作品を預けることが不安でもあった。けれどしばらくして彼女は、その短い一言が、実はさまざまな感情を有していることに気付いたのだ。絵が、彼の期待を超えたものであったか、そこそこの出来だったか、緒方の好むところかそうではないか。すべては、あの一言を発する声音に表れていた。無論それは彼女の勝手な思い込みかも知れず、実際緒方の言葉の抑揚とその内面を逐一照会する手立てはなかったが、それでも彼女は緒方の声音を一個の指針として絵を描いてきた。

今日の緒方の声音はけれど、これまで彼女が聞いたことのない響きを帯びている。どこかうわの空といおうか、気もそぞろというべきか。

案の定緒方はしばらく手の中で茶碗を弄《もてあそ》んだ後、思い切った風に顔を上げ、唐突にこう言ったのだ。

「あなたには特に、ずっと長く絵を描き続けていただきたいと思っているんですよ」

こんなことを、今まで彼が口にしたことはなかった。文枝は、着物の上に重ねた手をぎゅっと握りしめた。庭の山茶花の木が風に揺られて大きく傾《かし》ぐのが見えた。

「例えばこういうことも、ひとつの方法です」

緒方は控えめに言う。

「絵を合わせて、あなたの半生を大きくうたってみるということです」

最後のほうは消え入るような声になった。意味を計りかねて文枝は、ただそこに座って次の言葉を待つよりなかった。

「例えば伊藤小坡《しょうは》さんは主婦というお立場で、日常の光景を描いておられますでしょう。作家の像がはっきりしておりますと、観る方は、その人となりと作品を結びつけて共感しやすくなるようなのです。あまり、よい風潮ではございませんが」

緒方は、ひとつ咳払いをした。

「あなたにもまた、背景があります」

「背景？」

聞き返した文枝の声が、侘びしくうわずった。彼女はそれまで、自分の存在を意識しながら絵を描いたことなど、一度もなかったのだ。

「悪く思わないでいただきたいが、ご主人を亡くされて……」

緒方はあとの言葉を唾と一緒に飲み込んでから、場を仕切り直すように居住まいを正して続けた。

「絵の生まれる根源を知らせることで、作品に窓口を作るということです。人は、物語を好みますから。ですからほんの少しのことです、ほんの少し、絵を手に取りやすくする工夫をさせていただけないでしょうか」

緒方の言うことは、文枝にはひどく遠いものだった。けれど、彼を恨めしく思う気持ちは微塵も湧かなかった。むしろ、こんなことを彼が言い出すからには見えないところでよほどのことがあったのだろう、と文枝は察した。もしかすると利のあがらぬ作家は切れと画廊から言われているのかもしれない。世間の求めるものに合わせて絵を描かせろと、あからさまな注文をつけられているのかもしれない。彼女の胸はすっかり黒い靄《もや》に覆われていたが、なんとかその場を取り繕おう、緒方に気まずい思いをさせてはいけない、と言葉を探した。そうしながらも、さしてよいことのなかった、これまでの人生を反芻した。どの思い出を取り出すことも、栗の毬《いが》を剝くように億劫なことだった。

「あの……」

なにを言うつもりだったのか、文枝自身にもよくわからない。それよりも、自分の声がまったく知らぬ人のように嗄《しやが》れていることに驚いて、喉を詰まらせた。緒方もハッとして、「いえ、まあ今の話はひとまずお忘れになって」と慌てて言い、着物の皺も伸ばさずに玄関で下駄をつっかけた。

「ではまた、来月」

預かった絵をおでこの上に掲げてから、そそくさと立ち去った。

最近になって猫の巣のずっと奥から、親猫のものでも子猫のものでもない、ぐるるると不穏な鳴き声が聞こえている。猫のものとは思われぬ不気味な声だ。それは時折文枝を不安にしたが、晩に雨戸を閉《た》てて庭から切り離されると、すぐに忘れた。考えねばならないことが、彼女の周りでとぐろを巻いている。

ひとりの夜のほとんどを、思考の中にうずくまって彼女は過ごした。夫がいた頃はどんな風に夜長を埋めていたのか。何度か思い出そうと試みたが、その形をはっきりと手にすることはできなかった。

ふたりでいた頃も、文枝はフッと日常から切り離されてしまうことがよくあった。絵に没頭して町内の用事を失念することはたびたびだったし、曜日や日にちを過《あやま》つことも再々だった。毎日一緒にいるのに、夫と外で会うとまるで見知らぬ人のように思えたのも、そういう彼女の性質ゆえのことかもしれない。これは夫に限ったことではなく、かつては父や母に対しても同じように感じてきたから、きっと身近な者からでさえ、なんの理由もなくさっぱり切り離され、漂ってしまう瞬間があるのだ。文枝は、買い物に出た商店街で役場から帰ってきた夫と偶然行き合っても、しばらくは「誰だったろう」という顔をして、よく彼に「薄情者め」とからかわれた。

あの日、長久亭から出てきた男を見たときも、文枝はやはり「誰だったろう」と薄ぼんやりと思ったのだ。確か、思いがけない高値で絵が売れて、お祝いにと牛肉を買いに本郷まで足を延ばした帰り道でのことだった。白山閣の前を通りかかると、浪曲の囃子《はやし》が聞こえてきたので何の気なしにそちらを見た。長久亭から吐き出された笑みをしまい忘れた客たちに紛れて、グッと伸びをしたひとりの男が目に留まった。しばらくぼんやり眺めて、夫だ、と気付いた。まだ役場にいるはずの時間だった。仕事を早めに切り上げて、白山閣でなにか寄り合いにでも出たのだろうか。辺りは人でごった返しており、少し離れたところに立っている文枝に、夫は気付く気配もない。彼女は買い物かごに収まった牛肉を気に掛けながら、夫に向かって片手を挙げた。

そのとき、夫が威勢良く手を叩いて、声を張り上げたのだ。

「さあ、いらっしゃい、いらっしゃい。遠州森町よい茶のでどころ、本日は広澤虎造。佐渡情話もお聞き頂けます。さあさ、どうぞ、お入り下さい」

文枝は挙げた手を引っ込めて、息を詰めて夫を見た。さっきは人混みに隠れて見えなかったが、どうしたわけか、夫は半纏《はんてん》に股引姿という出立ちだった。入り口の左手からもうひとり呼び子が出て、ふたりして声を合わせて客寄せをはじめる。彼女は狐につままれたような思いで、二、三歩歩み出た。と、中から出囃子が響き、彼は「おっ」と飄逸《ひょういつ》な声を出して、もうひとりの呼び子と共にそそくさと長久亭の中へ消えてしまった。いつしか人混みも建物の中に吸い込まれたようで、通りには彼女ひとりが白々と取り残されていた。

文枝は、茗荷谷までの道を一歩一歩重く引きずりながら帰っていった。今見た男の残像を何度となく思い起こしながら。夫が出がけに今日の予定をなにか語っていなかったろうか、と細かに記憶を辿りながら。長久亭で役場の余興があったのかもしれない、と無理な憶測を練り上げながら。でも、夫があそこにいるはっきりとした理由は見つけられそうもなかった。文枝はそれでも延々と考えた。考えるうちに、今見た光景が現実だったのか否か、わからなくなった。春日通りに出た辺りで「あれは他人の空似だったのだ」とほとんど強引に結論づけた。

その晩遅く、夫はくたびれた背広にいつもの革の鞄を抱えて帰ってきた。「お疲れ様でした」と上着を受け取ると、「急な残業になっちまって」と大儀そうに応えた。
「急いで仕上げないとならない仕事が夕方になって入ってね」
夫の身体からは、インクを濃くしたようないつもの匂いが漂ってい
た。やっぱりあれは他人の空似だったんじゃないか、と彼女は胸をな
で下ろした。堅物過ぎると両親からも案じられるほどのこの夫が、気
まぐれにだって寄席の呼び子なぞやるはずもない。文枝は、呼び子に
夫の姿を重ねた自分の空想癖が急に馬鹿らしくなって、つい噴き出し
た。
「なんだ、やけに上機嫌じゃないか」
「絵が売れたのよ。とっても高く」
牛肉を出して見せ、「だから今日は牛鍋なの」と声を弾ませて、厨《くりや》

に立った。

「いいよなぁ。俺の月給分くらい絵一枚で稼げちまうんだから」

冗談めかして夫は言った。

食事の支度をする間も、文枝は幾度も笑みをこぼした。夫は庭に面した座敷に座って、静かな目で、流しの前にある彼女の横顔を見つめていた。


猫の巣から聞こえてくる奇妙な鳴き声が、このところ頻繁になっている。夜中に、その声で目覚めたことも幾度か。なにかがうごめく気配が伝わってきたことも数度。

子猫たちはいつの間にか手鞠ほどの大きさになり、世界を知り尽くしているが如く気ままに動き回ったが、母猫は三匹をいつまでも自分の付属物として注意深く扱った。どこまでいっても、両者の居場所は対極にあるらしかった。

遠くで犬が吠えている。彼女は濡れ縁に腰掛けて、半分に欠けた月を眺めていた。

緒方が語った来歴の話は、意外なほどしたたかに彼女の気を砕いた。絵筆を握ると、描いていることが浅ましく思えることさえある。そうなるともう筆は進まず、彼女は絵から逃れるように町を歩く。小日向だの老松町だの、ここから遠くの場所に足を運んだ。至る所に咲いている百日紅《さるすべり》や芙蓉が目を潤した。それだけに、茗荷谷の家に戻ると庭の殺風景が気になった。そういえば、この庭には冬に花をつける木しかない。庭木を選んだのは、夫だった。なぜ、冬の花ばかり植えたのだろう。偶然だろうか、それともなにか理由があったのか。こうして思いを昔に向ければ向けるほど、十年近く連れ添った夫のことを実はなにもわかっていなかったのではないか、という不安に囚われるのだ。

ぐるるると不気味な鳴き声が、庭の暗がりから響いてくる。

文枝は過去の世界から引きはがされ、堅くなって身構えた。その気配はやはり、猫のものとは思われなかった。しばらく逡巡してから、足の指で弄んでいた下駄を履き、洋燈《ランプ》をかかげて庭に降りた。目敏《めざと》く母猫が見つけ、物置の下からフゥゥッと唸って威嚇する。彼女は少し離れた場所にそっとしゃがんで床下を覗き込んだ。子猫をかばうように横たわる母猫と、好奇心を剝き出した子猫の丸い目が洋燈の光に浮かび上がった。

もうひとつ。奥に黒い塊らしきものが見える。目だろうか、黄色い光がふたつ、闇に浮遊していた。文枝は洋燈をさらに前に突き出し、頭を横に倒して奥のものを見ようとした。薄気味悪くはあったが、一旦はっきりさせようと決めてしまうと、やけに度胸が据わった。親猫が狂ったように鳴き出し、子猫までがその声に怯《おび》えて丸まっている。奥にいるもう一匹の輪郭がうっすら浮かび上がる。子猫の数倍、それどころか親猫よりも大きな黒い塊だ。この形はなんだろう。背中がじっとり濡れていくのを感じながら、彼女はさらに一歩、前に踏み出した。

そのとき、黒い塊がバサッと大きな音を立てて身体を揺すったのだ。

一瞬、先程の輪郭の数十倍にも膨れあがったように見えた。文枝は小さく悲鳴を上げ、体勢を崩して尻餅をついた。そのまま這うようにして家に駆け上がり、乱暴に雨戸を閉めた。硬直した手に握りしめられた洋燈の灯は、とうに消えてしまっている。激しく肩を上下させながらも彼女は、今見た光景を、黒い塊の正体を、思い起こそうと努めた。けれどそれは網膜の裏ですぐにぼやぼやと溶けてしまったのだった。

緒方はあれから、足繁く茗荷谷を訪れるようになった。時折遠慮がちに「物語」の話をした。言葉を選び、声音を和らげ。

「おっしゃることは、わかります。でも私自身と私の創り出すものとは、また別のものなんです」

季節が秋に変わったばかりのある日、文枝は、思い切ってそう告げた。

「むろんそうです。ただ……」

そこで緒方は言い淀んだ。長いこと湯飲みの縁をさすりながら、端然と座っていた。

「私は、あなたの絵にある独特の浮遊感にずっと惹かれてきました。現実の景色を描いているのに、どこかまったく違う地表に連れて行かれるような不思議な感覚がそこにはありました」

文枝は血の気が引いていくのをはっきり感じていた。緒方が次になにを言うか、彼女はすでに知っていた。それはもうずっと前から、彼女自身、頭のどこかではわかっていたはずのものだった。緒方は、まっすぐに文枝を見た。

「その、あなたの世界が、絵の中から消えかけているのは、どうやら確かなようなのです」

「それが、夫の亡くなったせいだと？」

間をおかずに文枝は言い返した。なんの罪もない夫を持ち出されることに憤ったのではなかった。彼女が見ないようにしてきたものを、緒方がとうとう暴いたことに動じたのだった。

ずっと前から、彼女は気付いていたのだ。かつてははっきり見えていた世界が薄らいでいることに。緒方が再々持ちかけた「物語」の話は、この不作の時期を乗り切らせるための、彼なりの温情なのだということにも。

「私は、あなたにはどうしても絵を続けていただきたいのです」

緒方は、以前に言ったことを再び口にした。文枝は、緒方から目を背けた。緒方に応えたいという思いと、突きつけられたものを認めようとしない肉体との間で、文枝はただ足踏みをしていた。なにをどうしたらいいのか、彼女自身にもわからないのだ。かつて絵を描いていたとき自分が何を見ていたのかも覚えていなかったし、今、絵を描くとき何を見るべきかもわからなかった。なにを描きたいのか、なぜ描くのか。文枝は狭い場所に入り込んで、ずっと壁に突き当たりながら足踏みをしているのだ。

彼女はその後しばらく、絵を描かなかった。代わりにひたすら町を歩いた。忘れて、切り替えるために町に出るのに、このところ決まって思い出すのはなぜか、あの日のことばかりだ。あの事故も、こんな秋のはじめに起こったからかもしれない。

その日は珍しく、朝、出社する夫を市街電車の駅まで見送ったのだった。ちょうど近くで画材を買う用事があったのだ。夫と別れてからいくつか用を足して、昼少し前に家に戻ると、隣のおかみさんが飛んできて市電の事故を報せた。ここから三つ先の駅で、自動車と衝突して脱線し、多くの怪我人が出たという。

それは、確かに今朝、夫が乗った電車だった。

最後まで聞き終わらぬうちに彼女は家を飛び出した。いつの間にか片方の下駄が脱げており、文枝はもう片方の指に食い込んだ下駄を脱ぎ捨て、素足で駆けた。

事故の現場にあったのは燃えて骨だけになった電車で、あらゆるところから沸き起こる悲鳴は異様なまでにひしゃげた形で彼女の耳を刺した。警官たちが怪我人を戸板に乗せて次々と運んでいるのを見た。文枝は人混みを掻き分け、夫の姿を探し続けた。暗くなるまで探した。怪我人が収容された病院も、すべて回った。それなのに夫の姿を見つけることが、どうしてもできないのだ。もしかしたら夫は、この電車に乗らなかったかもしれない。そういう仮定に彼女はすがった。けれどこの日に限って、文枝は確かに夫が電車に乗るのを見送ったのだった。最後に、遺体の収容先に行った。いくつもの形を留めぬものが、そこには横たわっていた。

その日、夫は帰ってこなかった。次の日も、また次の日も、夫は帰ってこなかった。

あの日のことを思いながらやみくもに町を歩くうち、いつしか本郷から電車通りに入っていた。菊坂に差し掛かる手前、暗くなった景色の中にポッと灯りが点っている。洋風のモダンな建物で、看板には「燕楽軒」と書いてある。最近よく耳にする西洋料理店だ。

入り口横の立て札には、名だたる画家の名が大きくしたためられている。洋画家たちの集まりがあるのだろう。美しく着飾った人々が次々と建物の中に飲み込まれていく。眩しい光が彼女のいる少し離れた場所まで赤く照らしていた。中に、岸田劉生の名もあった。彼の絵を最初に見たとき、文枝はまず、緒方だったらこの絵を前にどんな調子で「鮮やかですな」と言うだろうと想像した。きっと彼女の絵には用いなかった響きをもって、その言葉を口にするだろう、と。一歩、燕楽軒の入り口に寄った。華やかな笑い声が耳を弾いた。もう一歩寄ったところで、後ろから来た客にトンとぶつかられ、文枝はよろめき、道の脇の塀に手をついた。

――私はいつからこんな風に、窓の外から眺めるばっかりになったんだろう。

昔のことも、今のことも、先のことも、ただ窓の外に佇んで他人事のように傍観しているだけだ。こうして見ていたって、内側にいる人は応えてくれはしないのに。

なにか演奏がはじまったようで、燕楽軒の内側は一層賑やかになった。

――緒方の言う通りにしてみようか。

文枝は、そう思った。また、内側に立ってみるのだ。「物語」には別段、嘘偽りはないのだから。信じられないけれど、現実にそれは起こったのだ。

茗荷谷に戻ってから彼女は六畳間に座って、なるたけ無心に絵を描いた。電灯の下で絵を描くことを普段はしなかったけれど、その日のうちに描かなければ、もう二度と絵筆がとれないような危うさを彼女は感じていた。物語をまとう、これを最初の絵にするつもりだった。そうしながら、付加価値を寄せ付けぬほど強いものを、彼女は描こうとしていた。筆を動かす手の、皮膚の下を、身に覚えのないものが這いずっていて、彼女は描きながら顔を歪めては肩を回したり、腕を拳で叩いたりを繰り返した。次に緒方が来たら、よろしくお願いしますと、一言だけそう言おう。痺れていく神経に刃向かうように、声に出してそう言った。

描きながら、また昔のことを思い出していた。

初めて長久亭で夫に似た男を見たあとも、文枝は何度かその男を目にしていた。一度は呼び子として、一度は段幕らしきものを運び入れている姿を、もう一度は彼女も何度か舞台を見たことがある高名な浪曲家と話し込んでいるところを。話し込んでいたというより、あれは勘気《かんき》を被っていたのだろう。浪曲家が喚《わめ》き散らす前で男は首を垂れていた。そんなこったからちっとも芽が出ねぇんだ、悪いことは言わねぇ、早く辞めたほうがいい、だいたい才がねぇんだ、おまえさんにはさぁ。粋な言葉運びだから余計に傷をつけるような言い様で、その大家は男をくさし切った。男の拳から二の腕にかけて、痙攣のように細かく震えているのが文枝のいる場所からもはっきり見えた。彼女は音を立てぬように、足早にそこを去った。そろそろ役場の仕事を終え、電車を乗り継ぎ、家を目指しているはずの夫を思いながら。夫のために夕食の支度をしなければ、と心を逸らせながら。

夫には、長久亭の男のことは話さなかった。真面目な人だったから、そういう類の話を面白がったりはしないだろうと思ったのだ。夫は毎朝早く背広を着て出掛け、残業をこなして夜が更けてから朝と変わらぬ背広姿で帰ってきた。それ以上のなにがあるというのだろう。

市電の事故のあとは、もう長久亭には行かなかった。なにかを、求めてしまいそうで恐かったからだ。

文枝は薄紙に包んで懐の奥深くに押し込んでいたものまで、すべて焼き尽くすような気迫で、絵に向かっていった。しじまに、筆が紙を擦る音だけが響いている。二の腕や首の筋が痺れてくるような感覚があったけれど、そんなものに関わり合ってはいられなかった。

すべてを描き上げたのはいつのことだったか。一瞬のようでも、随分長い時間が経ったようでもあった。仕上がった絵を目の高さに掲げる。緒方はきっと、今までにない調子で、あの一言を言うだろう。そう彼女は信じた。それきり気を失ったように、眠りについた。

庭のほうで、ポトリとなにかが落ちる音がして、文枝はようやく目を覚ました。もう陽は高い。画板の上の絵を、確かめた。ひんやりと首筋を撫でられたような気がした。荒涼とした絵だった。自分の手が生んだとは思えない、鋭く生々しい町の絵だった。幾度となく歩き回った、本郷の町並みだった。彼女の中に再び迷いが生まれた。ジッとしていると混乱しそうで、絵から離れて濡れ縁に出た。

柘榴《ざくろ》がひとつ、縁側に落ちている。さっきの音の正体は、この赤い実だったのだ。実は爆《は》ぜ、一粒一粒が陽を受けて光っていた。それを見るうち彼女は一息に、ずっと忘れていた感覚を取り戻した。絵を描きたい、と最初に思った日の感触を。柘榴の粒のルビィ色。この色の不思議を、絵筆を使って解き明かしたいとそのとき切に思ったのだ。

そういうなんの作為もない心の動きが、はじめての筆を取らせたのだ。夏の花が咲かないこの庭に、たったひとつ柘榴の木がある。彼女が、好きだからとせがんで、夫に植えてもらった柘榴だった。

不思議なもんだな、どうやったらこう透き通った赤が出るんだろう。絵筆を使って、こんなことができるなんて。俺には想像もつかないよ。おまえには才があるんだな。おまえにしかできないことが、あるんだな。

長く失われていた懐かしい声が、文枝の耳元に触れた。そこには、そこだけには、今も昔も一毫《いちごう》の嘘もなかった。彼女はひとり、小さく笑った。その笑いは彼女にとって、数年ぶりとなる心からの笑いだった。

柘榴を取り上げてみた。皮の縁で指の腹がすぅっと切れた。薄く血が滲んだ。

　自分はまだ、生きているのだ、と知った。


　陽が落ちてから文枝は、便箋を取り出して緒方に手紙をしたためた。今度彼が来たら、これを渡そう。面と向かうとうまく言葉にできないことを、一語一語慎重に選んで彼女は紙面の上に移していった。おかげで書き終える頃にはぐったり疲れ、墨が乾くのを待ちながら頭にこもった熱を取り去るために、雨戸を開けて夜風にあたった。心地よいものが、彼女の頬や髪を撫でた。

　そのとき、音が聞こえた。文枝は身を堅くし、耳をそばだてた。

　音は、物置の床下から、聞こえてくるようだった。ガタガタと床を突き上げるように鳴りはじめ、次第に大きくなって周りの空気を震わせてゆく。

あの下で、なにかが激しくうごめいている。文枝は、例の黒い塊を思い出した。これまで、あれほど奇怪なものを忘れていた自分を意外に思った。

音は鳴りやむ気配を見せない。それどころかむやみと大きくなっていく。このままでは物置が壊れてしまう。それほどの音だ。ミャアミャアと狂ったように親猫も子猫も騒ぎ出した。彼女は為す術もなく、乾いた悲鳴を上げて柱にしがみついた。

物置が一際大きく揺れ、グルルという獣じみた声が、地面から凄まじい速さでせり上がってくる。

なにかが、這い出してくる。

震えを堪えながら音のほうを凝視していたそのとき、突然バサバサッという凄まじい羽音が鳴って、床下から大きな黒い塊らしきものが空に舞い上がっていくのが見えた。塊は瞬く間に漆黒の闇に溶けた。羽音は鮮明に聞こえ、空気の振動も伝ってくるのに、いくら目を凝らしても文枝にはその姿をとらえることはできなかった。猫たちは哀しげな声でやはり狂ったように鳴きながら、しっかりと空の一点を見つめている。

塊の気配は、どんどん遠ざかっていった。

ただ、灰色の綿埃のような羽が数枚、上のほうから舞い落ちてくるだけだった。

四　仲之町の大入道

市谷仲之町

気の進まぬことはしないがよいのだ。そんなことはてんからわかっていても、知らぬうちに巻き込まれてゆくのがまた、人というものである。

ここに松原均《ひとし》というひとりの若者がいる。

この春、仕事を得て東京にやって来た彼は、上野駅に降り立ったときにわかに蒼くなり、汽車を乗り違えてうっかり外国まで来てしまった、とおののいた。田舎で彼が思い描いていた東京の範疇を、その光景は遥かに超えていた。

知人のつてで世話になる段取りがついていた四谷の下宿に這々《ほうほう》の体で辿り着き、出迎えた大家にまず、上野駅の人の多さ建物の立派さを、唾を飛ばして伝えた、それほどの混乱だった。まかない付きの宿のため、ここには小さな食堂がある。そこに通されてもなお、彼は語ることをやめなかった。地方から下宿人を迎え入れることを生業《なりわい》とする大家にすればこの手の話は聞き飽きているのだろう、あまりにも適当な相槌を打った。しかし松原は、借りることになった三畳押し入れ付きの部屋、その手付を払いながらもくじけなかった。くじけず東京への驚きを口から散布し続けた。人混みがあまりにもすごいから、てっきり祭でもあるのかと思いましたよ。そんな調子で。

新参者をからかいに来たのか、食堂には二、三の下宿人が顔を覗かせている。

「東京に来たら、いの一番に凌雲閣《りょううんかく》に登ってみたいと思っています」

松原は挨拶がてら、数少ない東京の知識を披露してやった。負けてはおりませんよ、とアッピールした。そして鼻を膨らました。彼は他に意気込みを見せるとき、そうするのを常としていた。

と、大家を含め、そこにいる全員がきょとんとして、それから申し合わせたように笑い出すではないか。

「凌雲閣。凌雲閣だって。そんなもんはもうとっくにありませんよ。先の震災で崩れて。今時そんな名を出す者もあるんだねぇ」

大家は回虫でも吐き出さんとするように腹をくねらして笑い、下宿人たちも小馬鹿にしたような空々しい笑い声を立てた。自分たちだって数年前まで東京の土など踏んだこともなかったろうに、まるで先祖代々東京にいてございい、という面《つら》をしている。松原は、この下宿人たちを業腹だと感じた。そして口を尖《とが》らせた。怒ると口がひょっとこのように尖る。これはそういう男だった。

「そんなに不案内じゃぃいけないから、どうだ、ひとつ東京に詳しくなれる仕事を紹介しようじゃないか」と大家が笑いの下から言った。

「もう仕事は決まっておりますから。旋盤工です、一流の職工になるために東京にやって来たのです」と松原は遠慮したり自慢したりしたが、いや、休みの日にでもちょっと手伝ってもらえればいいから、悪いようにはしないから、と大家は言いつのり、では何の仕事かと問うと途端にお茶を濁すという、ひどく引っかかりのある誘い方をした。

下宿人たちは我関せずといった顔で、三々五々に散っていった。東京の流儀なぞ知らぬから、まあそんなものかと松原は合点し、「日曜日でしたら仕事も休みですから、お手伝いできることはいたしましょう」と安請合いをした。東京に行ったら大家を親と思え、と田舎の母親に言い含められていたせいである。

次の日曜日、松原は住所が書かれた紙を持って、慣れぬ町をとぼとぼと歩いていた。四谷の丘から箪笥《たんす》町を過ぎ、荒木町に差し掛かったところで津守坂へと折れる。大家がいい加減に書いた地図と番地とを見比べながら、辿り着けるかどうかと内心危ぶみつつ歩く彼の横を、車が容赦なくかすめてゆく。どうもこの辺りは道が狭すぎていけない。

右往左往するうち松原は、果てしなく憂鬱になった。

借金取りなんぞ、と呻《うめ》いた。

はじめに子細を確かめればよかったのだ。自分のおぼこさを恨んだ。

大家曰く「一筋縄ではいかぬ人だから、よくよく性根を据えるよう」。自分が貸した金の取り立てを下宿人に押しつけるのは、返してもらうにかかる労力が貸した額に見合わぬからで、ならば諦めればよいものをこうして赤の他人を使ってまで帳尻を合わせようとするあたり、貸し借りで生計を立てる人間特有の業の深さといえよう。

なにもこのような愚行に手を染めずとも、松原には旋盤工という立派な仕事があるのだ。型にはめて計って削って寸法を合わせる。清廉な生業である。懸命に働いて技を身につけ、何年かしたらきっと故郷で松原の出世を楽しみにしている母親を呼び寄せ人並みの暮らしをさせるのだ、それが彼のたったひとつの望みであった。

母は今頃なにをしておろうか。畑仕事か、それとも昼飯でも作っていようか。不意に母親の作る芋粥の匂いが、鮮明に鼻に甦った。つい十日ほど前まで、毎日のように嗅いでいた匂い。と、そこで松原は、おや、と思った。芋粥の匂いはこれほどはっきりしているのに、毎日見てきたはずの母親の顔、目や鼻や口といったものまでが、あやふやにしか像を結ばなかったからである。

津守坂から合羽坂へ入る。道なりに上っていくと、市谷仲之町に出た。その町名を見つけると、松原は一軒一軒番地と表札を確かめながら注意深く歩を進めていった。古くせせこましい軒が連なっている。何度も行きつ戻りつし、ようようそれらしき家の門前まで来た。「ここか」と言って、今にも外れて倒れてきそうな玄関格子戸の前に立つ。一枚の張り紙がある。

「面会謝絶。会ヒタクナイトハオ前ノコトナリ」

これは……。なんのことかと判じかねて、生垣の外から首を伸ばし、簾《すだれ》の下がった窓を見遣ると人影らしきものがある。どうも窓辺の椅子に座って、書見かなにかしているらしい。松原はやむなく、簾の向こうに声を掛けた。

「＊＊の使いで参りましたが、ご主人様はご在宅で？」

人影はすぐそこにいるのに、ぴくりとも動かない。松原はもう一度声を掛ける。やはり動かない。さらにもう一度。と、ようやく「忌々《いまいま》しい」と音がしそうな激しさで簾が上がり、現れたのは上半身裸の四十がらみの男。やけに恰幅がよく、頭を剃り上げている。

大入道。

松原は慌てて辞儀をする。が、彼が言葉を発するより前に、大入道は図体に似合わぬ小さな声で、いませんよ、と言いざま簾を下ろした。とりつく島がない、という昔学校で習った言い回しを、松原はこのときはじめて目の当たりにした。急いで下ろしたせいだろう、簾の裾がなにかに引っかかって丸まっている。隙間から、大入道の薩摩芋にそっくりの足の甲が見えた。芋粥。松原の腹が、グーッと大きな音で鳴った。

下宿に帰って事の次第を告げると、大家の返事は、あの先生はいつもそうだから、とそれきりだった。あれでなんの先生をしているのですか、と松原が問うと、大家は一度首を傾げたきり。でも先生というからには偉いんでしょうな。重ねて訊いたが、別に偉いことはない、先生と呼ばれるような人間は大概唐変木《とうへんぼく》のこんこんちき、役に立たぬ木偶《でく》の坊《ぼう》と相場が決まっているんだよ。過去にどれだけ「先生」と呼ばれる人間からひどい目を受けたのだろう、と勘繰らずにはいられぬほど不愉快そうな顔で大家は二、三度頭を振った。先生といえば田舎では特別扱いをされるが、東京では先生くらいの肩書きでは見向きもされないのか。自分の蓄えてきたものと、この地に積み上げられているものとがまったく異なるのだということを突きつけられる思いで、大丈夫だろうか、これから、と松原は部屋でひとり頼りない声を出したりするようなこともした。

旋盤の仕事は、彼の性に合っていた。手先が器用だったせいもあって、技術を覚えるのも年長の職工をも唸《うな》らせるほど早かった。働けば働いただけ、松原の横には仕上がったネジや歯車が積み重なっていった。就労中は無心でひとつことを繰り返し、終業のベルが鳴るとその日仕上げた部品を数える。充足感は、必ず毎日もたらされた。

つまり東京での暮らしは、思いのほか順調なのだった。

唯一の例外が日曜日で、松原は未だ大家の頼みを断り切れず、仲之町通いから足を洗えずにいる。何度か「辞めたい」とは言ったのだ。僕に借金取りは向きませんので、と。しかし大家もさるもので、表も裏も見てこそ東京だ、と演歌じみた屁理屈をつけ、のらりくらりと松原の望みをかわした。すっぽかしても構わないような気もしたが、それはそれで下宿にいづらくなる。他に移る金もない。やむなく松原は散歩だと思い込むようにして、日曜毎に仲之町に通うのだった。

しかしこの松原の犠牲の上に成り立っている労働に、大入道が応えることはない。門前払いを食わされるのは当たり前、稀に三和土《たたき》まで入れることがあっても、大概細君らしき人が出てきて「主人はただいま留守にしておりまして」と言うばかり。奥の障子には、耳をそばだてている大入道の影がくっきり映っている。

大入道の家に通ってきている借金取りは、松原だけではなかった。彼はその三和土で、玄関口で、路地裏で、よその借金取りとしばしば鉢合わせした。質屋の丁稚と一緒に待つようなことも繰り返した。顔なじみになった彼らから、「こないだまで三つの学校で教えていたから随分俸給はあるはずだ」「ここは僑寓《きようぐう》で、あすこにいるのはお妾さんらしい」などという噂も聞いた。確かに大入道は金もないはずなのによく俥《くるま》を呼んでいた。外で飲んだらしくほろ酔いで帰ってきては、松原の顔を見るなり「知らん」と吠えた。たびたび二階に人を集めてドンチャンやった。無論、この席に松原が招かれることはない。玄関先で野良犬のように追い払われ、すごすごと引き返すだけである。

仲之町に出入りするのは、借金取りばかりではなかった。編集者という、松原がはじめて見る人種も多く集まっていた。彼らは、扇子や靴、髪型だの鞄だのといったものに己を代弁させようとでも目論んでいるのか、決まって風変わりなものを手にしていいた。その編集者たちの態度仕草から、大入道はどうも文士というものらしい、という推察を松原は得た。彼らは、口を極めて大入道に原稿の催促をし、その割には愚にもつかぬ議論を延々交わして仕事の邪魔をしていた。話の中身は、松原にはとんとわからなかった。わからなかったけれど、彼らの話が同じところを回っているのだけはわかる。同じところを回っている議論というのは、悲しい。己の尾っぽを追い回してクルクル回る犬のように悲しい。そんな話に興じる暇があればどうか一刻も早く大入道に原稿を書かせて欲しいと松原は念じていた。そして、とっとと稿料を払って欲しい。そうすれば大家の金も返ってくる、自分がここへ来る厄介もなくなる。

松原はようやく入れてもらえる三和土で、主人不在というあからさまな嘘に頷きながら、二階からこぼれ落ちてくる笑い声や怒鳴り声が降りかからぬように手で払う。

君は職工だそうだね。

あるとき松原は、突然大入道から話しかけられた。考えてみれば仲之町に十月《とつき》も通って、大入道とまともに言葉を交わしたのはこれがはじめてである。もうすぐ冬に飲み込まれる町を、毎週律儀に耳朶《みみたぶ》を赤くしてやって来る若者に、さしもの大入道も心を開くに至ったのであろう。松原はそう合点して「はい」と若々しい返事をした。

まあ、あがりたまえ、と大入道は、思いがけず優しい声を出した。

松原は、竜宮城に足を踏み入れたときの浦島のごときふわふわした心境で、上がり框《かまち》に足をかけた。同時に、この夢もすぐにボワッと白い煙が立って消えてしまうのではないか、という心許《こころもと》なさにも囚われた。

ちょっと来たまえ。大入道は鷹揚に言って、ずいずい奥へと歩いていく。廊下の突き当たり、そこにある戸を引き開けると、中は煤けた台所である。随分狭い。遠慮ない視線をあちらこちらに向けた矢先、パン！　とひどい音を立てて流しの上の戸棚を大入道が叩いたものだから、松原は情けなくも肩を放り上げるハメになった。

「すいません」

反射的に謝った松原を大入道はやり過ごし、叩いた反動で開いた扉の中を指さした。鉄でできた箱が戸棚の奥の壁にへばりついている。大入道はその鉄の箱を忌々しげに見上げ、我が家ではここに十銭入れると瓦斯《ガス》暖炉が点く仕組みになっている、だからここには今まで焚いた分だけ十銭玉がある、しかし錠が掛かっているから瓦斯会社の人間しか開けられない、君も旋盤工ならこれをこじ開けることくらいできないか、と借金の取り立てから逃れるときの緩慢な口調と同じ人物とは思えぬ、性急な調子で言ったのだった。ここにある十銭玉をかき集めて蕎麦をとりたいのだ、こうして家の中にあるのだし、もともと私の金だからうちの貯金に等しいだろう、このまま瓦斯会社の人間に横取りされてはかなわんよ。目をいからせ、こぶしをわななかせて言うのだった。

支払った瓦斯代が家の中にあるからといって自分の貯金と思い込む……そういう頓珍漢《とんちんかん》なご都合主義が貧乏神を呼び込むのだろう。松原はなんと言ったものか困惑し、歯茎に傷を負った者のようなぬるぬるとした笑みを浮かべてみた。大入道は焦《じ》れたふうにカンカンと二度ほど鉄の箱を叩き、松原の答えを待った。あくまで真剣な顔をしていた。沈黙が流れた。表を行く豆腐屋の、プーピーというラッパの音が間抜けに漂って消えた。

春になる頃には松原は、編集者どもにうまく紛れ込んで大入道の書斎にあがる術を身につけるまでになっていた。ミイラ取りがミイラになったわけにはあらず。ここまで月日を無駄にしたのだから、なんとか金をとりたい。成果を上げたい。大入道にも金にもなんの思い入れもないというのに、松原は半ば意地になっていた。しかし未だに一銭たりとも返してもらっていない。一年経ってもまだ。

羽織袴で常に扇子をぱたつかせている芸人風、うらなりの茄子の如き顔色の悪い下ぶくれの男、狸のような太鼓腹の中年男、これが、たびたび書斎を汚している面子《めんつ》である。大入道に督促しても埒が明かぬから、時折陰で気の弱そうなうらなりを捕まえ、借金返済に有効な手立てを訊くような小賢しい真似までこの頃の松原はしはじめていた。ない袖は振れんでしょうから、とうらなりは自分が借金をしてでもいるような済まなそうな顔を作るばかりで、その風貌を裏切らずまったく役には立たなかった。松原はそれでも、手持ち無沙汰を紛らわすために指の関節など鳴らしながら、毒を食らわば皿までの心境で大入道の書斎にあがり込むのだ。

あるとき松原は、大入道の机上に髭《ひげ》を蓄えた男の写真を見つけた。少しでも彼らの会話に加わらんと努めていた彼は、早速「どなたです？」と無防備に写真を覗き込んだ。と、そこにいた編集者どもは一様に怪訝《けげん》な顔を見合わせたのだ。芸人風が、漱石先生を知らない人間がいるんでげすなぁ、ひひひっと薄気味悪く笑った。大入道は写真を眺めつつ、私の敬愛する先生だ、と言い、珍しく悄然とする。芸人風は、気まずい空気を松原になすりつけようとでもしたのか、

「君は本を読まんのですか？」

と、先程の透かし笑いとは一転、詰問調に迫った。指摘の通りでは

ある。松原は、本など読んだためしはない。しかし、このようにまともな労働をしてきたとは思えぬ体つきの、今時透綾《すきや》の羽織を来た洒落のめした男に見下されるのは納得がいかなかった。

「まあ気が向けば読みますよ」

松原はつい、鼻を膨らませた。芸人風は得たりと意地の悪さを眼底から立ち上らせ、「どんな作家を読みますか」と間髪入れずに訊いてきた。そこにいる全員が、好奇心を隠さず松原を見た。どんな作家も、松原の頭には浮かばなかった。

「凌雲閣について書かれた文学です」

苦し紛れに松原は口から出任せを言った。凌雲閣は、松原の田舎でもっとも有名な「東京」だった。だから文士であれば誰かしら書いているだろう、という当てずっぽうである。

下宿で話したときのように嘲笑を買うかと覚悟しておればそんなことはなく、編集者たちは顔を見合わせ、「凌雲閣のことを書いたのは、たしか花袋《かたい》だったはずだ」「あれですね『実際、十二階から見た山の眺めは、日本にもたんとない眺望の一つであるということを言うのに私は躊躇《ちゅうちょ》しない』という」「そうそう『蒲団』以降の、『浅草十二階の眺望』だ」とさんざめいた。

……蒲団……下帯《かたい》、彼らがなぜ下の話をしはじめたのか、松原には見当もつかない。

凌雲閣の噂を聞いたのは、母親の叔母という人物からだった。遠い親戚で、同郷でも滅多に会うことはなかったのだが、一度お盆に親戚一同が集まった席で「息子が東京におりまして」と自慢と悔恨が混じったような口調で語っていたのを松原は覚えている。大きなことを言って出ていったんで案じてたんですがねぇ、存外うまくやっているようで、先日も凌雲閣に登ったとかで。その場にいた親類縁者はみな、凌雲閣は知っていても、そこに登ることがなにを意味するのかわからず、白々と沈黙した。まだ幼なかった松原は、それが東京で成功するということなのだろう、凌雲閣に登るということが、と勝手に胸を膨らませた。

彼女の息子は、小日向春造という名であった。なにを生業にして東京に暮らしているのか、最後までわからずじまいだった。この大叔母が帰ったあと、残った親戚たちが「まだおばさん、毎月味噌と米を春造に送っているらしいよ」と哀れを浮かべた顔で話しているのを聞き、松原の疑問はますます深まった。凌雲閣。

「下帯でしょう？　君が言っているのは、蒲団の下帯でしょう？」

芸人風が懲りずに下の話をし続けるので、松原は「いやしくも、男子が」と小さく言って、そっぽを向いた。その拍子に髭男の写真の前でうなだれたままの大入道が視界に入った。侃々諤々《かんかんがくがく》とやかましかった編集者たちも大入道の気を損ねているらしいことに気付き、舌鋒を作り笑いに変えて、そわそわしはじめた。

「先生もいずれ漱石先生のような大家《たいか》になられるのでしょうな」

うらなり顔の男が場を取りなし、

「そうですよ。漱石山房では先生のお作がもっとも光っておりましたから」

と、狸のような男が磊落《らいらく》に笑い、

「どうです、漱石先生の全集の編纂もなすった先生なら、あれに似たものをお書きになることもできるでげしょう？」

と芸人風が調子を合わせて言う、すると突如、それまで大人しかった大入道が敢然と怒り出したのである。怒鳴ったのである。

「文学とは人の真似をすることではない！」

はじめから話の流れをつぶさに見聞きしてきたはずの松原にさえ、この展開はまったく読めなかった。大入道は顔を真っ赤に膨らませ、帰れ、帰れと喚《わめ》き出し、自分の声によってますます激昂に弾みがついたらしく、立ち上がって編集者たちを追い立てる。編集者たちは上着をひったくり、脱兎の如く階段を転がり落ちる。古い家が崩れ落ちそうな音が響き渡り、あっという間もなく書斎には松原ひとりきりになった。

彼はこれ幸いと、遠慮なく部屋の中を観察した。風体に似合わず、大入道の書斎は神経質に片付いていた。机の上に置かれたノートも、ピチッと角が揃えてある。惨めなほど整っている。松原は使い込まれたその灰色の表紙をしばし見つめる。ひとつ咳払いをしてから、獅子舞の要領で首を回し、誰も来ないのを確かめると何食わぬ風を装ってノートをめくった。

「ドナウ河の鯰《なまず》は三尺余から一丈もあるらしい。気味の悪い」

「早くむにゃむにゃがやめたい。『むにゃ』という言葉と字面がどんなに私の胸をわるくするか知れない」

そこには、大入道が書きつけたらしい文言が脈絡もなく並んでいた。むにゃ、とはぜんたい、なんのことだろう。松原は芸人風の編集者よろしく顎を撫でさすりながらもったいぶった顔で考えてみたが、さっぱりわからなかった。文学とはこういうものか、このわからなさこそが文学なのか。ノートを閉じ、さらに室内を物色すると、本箱の上にこれも鬱陶《うっとう》しいほどきれいに角が揃ったメモ用紙。伸び上がって覗けば、

「草案を練る。題名『贋作吾輩は猫である』」

という走り書き。

贋作……。

人の真似をすることではない、という大入道の声が鼓膜に甦り、松原は急に馬鹿らしくなった。そして、不意に彼自身に戻った。

ここでのことを、うっかり真に受けすぎた。

松原は階下の混乱に乗じて階段を下り、三和土に脱ぎ捨ててある自分の下駄を引ったくるように胸に抱え、大入道の家を飛び出した。仲之町から一気に坂を上り、左門町まで早足で行き、四谷の丘に出て、ようやく足をゆるめ人心地ついた。

視界を白いものがいくつも通り過ぎていった。見上げれば染井吉野が満開である。彼の田舎にはごろんとした花を咲かせる八重桜しかなかったから、儚《はかな》い雪帽子のような染井吉野は、東京に来てもっとも彼を感心せしめたものだった。もっと東京を見物したい。お堀の隧道《すいどう》を走る列車に乗って遠出もしたい、谷中辺りもぶらついてみたい。気がつけば、上京してからこの方、休みの日は大入道の相手しかしてこなかった。

次の日曜、松原は一着きりある背広を着込んで仲之町を訪れた。菓子折を用意しかけたが、借金取りという己の立場を鑑《かんが》みて踏みとどまった。仲之町のいつもの路地に入る際、覚悟を決めるように両頬を叩いた。丹田に力を込めた。

そのとき、大入道の家の戸ががらりと開き、身構える間もなく、例の芸人風がもんどり打って転げ出てきたのである。そのままころびそうになりながら、一目散に松原のほうに走ってくる。なんと醜悪な。

松原が思わず呻いたほど、芸人風の逃げる様は奇態であった。にもかかわらず、この男は松原を見つけるや目にも留まらぬ速さで体勢を立て直し、さあらぬ風を装って、あろうことか、へへへと笑うことまでしたのである。これには松原も感服しないわけにはいかなかった。ここまで己を取り繕うための反射神経を、いかにすれば得られるのか。

「いやぁお見苦しいところを。どうも先生とは反りが合いませんでね」

芸人風は手にしていた扇子をパタパタさせた。

「しかし、あんなに頑固じゃあ難しい。君も返済のあてがなくっちゃあ難儀でげしょう」

曖昧に頷きながら松原は、芸人風の遥か背後で、大入道が玄関から顔だけ出して、せっせと塩を撒いているのを認めていた。

「どうも私は塩花だ。しかしせっかく楽に稿料を稼ぐ法を伝えようとしたのに……私が言ったんじゃ聞かんから君から言っておやりなさいよ」

芸人風は腹立たしさを皮肉な口調にすっぽりくるんで、なにやら小難しいことを松原に耳打ちしはじめた。

「万人が共有できることなぞ表層で……恋愛は女が死ねば……社会の問題や風潮を掻い摘んで……主人公に欠陥を……読者なぞ……適当に安心できれば……」

とんと要領を得ない話であった。しかし松原は、伝言だから、と大入道の家を訪れるなり、言われた通りを馬鹿正直に告げたのだった。

彼は上京してからこの方、平日は無駄口を叩く間もなく旋盤に勤しみ、休みになると大入道の家で黙って座り込み、下宿の大家にはのらりくらりと話をかわされ続けた。故に一年経った今でも、この地での会話の間合い・呼吸なるものをうまく摑めぬところがあった。芸人風の耳打ちをまっとうな伝言だと信じ切ったのも、むべなるかな致し方ない仕業といえるだろう。いや、もはやこうした、さほど通じ合えぬ人物たちに気を配り、気を回す面倒を、松原は放棄していたのかもしれない。

そんなことを君が言うとは、さては野だに吹き込まれたろう、と大入道は真っ赤になって息巻いた。

「誰です？」

野だだよ、野太鼓だ、さっき君と話していたろう。

松原が答えに窮していると大入道は途端に冷ややかな顔つきとなり、瞬きを数回してから、それでいいわけがない、君はまだ現《うつつ》だけで世を生きている、とよくわからないことを言った。さらに大入道は十分な溜めを作ってから、神妙な顔で、私は私の心の中の神秘を書くだけだ、と付け加えた。

「そんなことより本日はご挨拶にあがりました。今日を最後に私はここには参りません。ですからお金を、大家のお金を返してくださ い」

話の腰を折られた大入道は、顔に唾せんばかりの形相で松原を睨んだ。松原もこの日ばかりは退かなかった。長い睨み合いの末、先に口を開いたのは大入道であった。

私の気持ちでは、もうその二百円は返したくない。頭が痒《かゆ》い。

松原はそれを聞くやとっとと立ち上がり、一礼して玄関を出た。

旋盤工だろう、戸棚の奥の貯金を取り出したらどうか。叫ぶ大入道の声が、松原の後頭部目掛けて三度ほど飛んだ。

松原は、それを最後に仲之町に行くのをよしてしまった。大家に適当な言い訳をすると「まあそうだと思った」と、今までかわし続けたのはなんだったのかと唖然とするほどあっさり了承し、他の下宿人に大入道の番を頼むよと背を向けた。大方、新しく入る下宿人のあてでもあるのだろう。ご苦労だった、のひとこともなかった。

桜は散り、若葉の時期も終わり、梅雨が明けた。トタン屋根を焼くような熱さが天井から染み出して部屋を溶かす季節になった。松原は勤めから帰るとすててこ一枚になり、たまらんたまらんと悶《もだ》えつつ部屋中を転げ回る。休日を自由に使えるようになったところで未だ列車で遠出することも、谷中を散策することも、松原はしていなかった。

そんなある晩「お客さんだよ」という大家の声。団扇《うちわ》で扇ぎつつ階下に下りていくと、玄関に見知らぬ成年が立っている。成年は仰々しく一礼してから、

「私、先生が教鞭を執っていた時分の教え子で寒月と申します」

と、折り目正しく言った。先生？　心当たりのないことに、松原は顎をひねった。あなたが最近まで通ってらしたでしょう、とその寒月

なる男に言われ、やっと松原は、ああ大入道、と思いつく。

「いや、なにね。久しぶりに仲之町に寄ったら君にこれを言付かりましてね」

手元には本が数冊。一番上にある本を男は手にとって、

「少し前に出た先生の御著書です。『新小説』に掲載された文章をまとめたものです。しかし出版直後に震災に見舞われたせいで、まったく売れませんでした。評判にもなりませんでした。褒めたのは芥川ひとりきりです。彼も、もう死にました」

至極淡々と言った。松原はその表紙に顔を寄せた。

「『冥途』内田……これはなんと読みます？」

「『ひゃっけん』です」

「ひゃっきえん《百鬼園》？」

「いえ、ひゃっけん。門の中に月が入り、けん」

「どういう意味です？」

「さあ、そこまでは。私、理学士ですから」

寒月が帰ったあと部屋に戻って、もらった本の中から適当に選んだ一冊を開いてみると「私の心の中の神秘をかく」という文章が目に入った。どこかで聞いたことのある文言であったが、どこで聞いたものか、松原には思い出せなかった。それから彼は、さきほどの『冥途』を手に取り開いてみた。と、間に挟まっていたらしき一枚の紙片が垢染みた畳に落ちた。大入道のものらしき字で、こう書いてある。

「君ガ野太鼓ニ感化サルルヲ恐ル。自ラノ目ト心ガ全テ」

しかつめらしい。松原は苛立った。人になにか命じる前に、自分の借金を返したらどうだ。もうこの頃ではすっかり東京の暮らしにも慣れ、もはや完全に還俗《げんぞく》していた松原は、大概のことをくだらぬと笑い飛ばせるようになっていた。

松原はひとつ欠伸《あくび》をしてから寝転がって、その奇妙な表題がつけられた本を読むともなしに読みはじめた。右手で団扇を使っているため、紙がクシャクシャになるのも構わず左手と顎で乱雑に頁《ページ》を繰った。しばらく松原は、何度も目を細め、眉を歪め、頁を行きつ戻りつしていた。そのうち団扇を持った右手が止まり、顎と左手だけが正確な動作で動きはじめた。さらにしばらく経つと彼はむくりと起きあがり、徒競走のスタートよろしく片膝だけ立てた格好で、畳に置いた本に目を落とした。二時間ほど彼は、寸分も姿勢を変えず頁を繰り続けた。

そのときいきなりガラッと部屋の戸が開いた。酔っぱらった隣人が「おや、これは失敬」と警官のような敬礼をして、またぴしゃりと戸を閉めた。

松原はようやく本から目を上げ、自分の居る場所を確かめでもするように辺りを見回した。ゾッと唸って首をすくめ、バサッと音を立てて本を閉じる。くわばらくわばらと喚《わめ》いて、跳ね上がりざま押し入れを開けると、間髪入れずその中に本を放り込んだ。ぐいぐいと奥の奥まで押し込み、息を止めてそばがらの枕で封印し、襖《ふすま》を閉めた。唐紙の前にへなへなと崩れ落ちた。

急に背中がひやりとした。視線を感じて松原は振り返る。影が、壁一面に広がっていた。大入道の形をしている。松原は悲鳴を上げて三畳間を駆け回るが、影はずっとついてくる。ついに部屋の隅に追いつめられた。為す術なく目を閉じ、頭を抱えて畳の上に丸まった。

ところが目蓋《まぶた》の裏にも、大入道の影は忍び入ってきたのだ。ろくでもない、と松原は呟いた。俺は計って削って寸法を合わせるのだ。毎日働いて、決まった上がりを得るのだ。いずれ母を呼び寄せ、孝行するのだ。

大入道の影はすでに目鼻を蓄えつつあった。目を閉じていても、向こう側からひたりひたりと笑いかける気配が伝わってくる。彼は耳を塞ぎ、やみくもに頭を振った。抗った。懸命に、抗った。

闇の向こうから、凄まじいものが松原を覆い尽くそうとする音が、耳にやかましく聞こえてきた。

本書は、株式会社文藝春秋のご厚意により、文春文庫『茗荷谷の猫』を底本としました。但し、頁数の都合により、上巻・下巻の二分冊といたしました。

茗荷谷の猫　上
（大活字本シリーズ）

2024年5月20日発行（限定部数700部）

底　本　文春文庫『茗荷谷の猫』

定　価　（本体2,700円＋税）

著　者　木内　昇

発行者　並木　則康

発行所　社会福祉法人 埼玉福祉会

埼玉県新座市堀ノ内3―7―31　〒352―0023

電話　048―481―2181

振替　00160―3―24404

印刷製本所　社会福祉法人　埼玉福祉会 印刷事業部

ISBN 978-4-86596-626-8

大活字本シリーズ発刊の趣意

現在，全国で65才以上の高齢者は1,240万人にも及び，我が国も先進諸国なみに高齢化社会になってまいりました。これらの人々は，多かれ少なかれ視力が衰えてきております。また一方，視力障害者のうちの約半数は弱視障害者で，18万人を数えますが，全盲と弱視の割合は，医学の進歩によって弱視者が増える傾向にあると言われております。

私どもの社会生活は，職業上も，文化生活上も，活字を除外しては考えられません。拡大鏡や拡大テレビなどを使用しても，眼の疲労は早く，活字が大きいことが一番望まれています。しかしながら，大きな活字で組みますと，ページ数が増大し，かつ販売部数がそれほどまとまらないので，いきおいコスト高となってしまうために，どこの出版社でも発行に踏み切れないのが実態であります。

埼玉福祉会は，老人や弱視者に少しでも読み易い大活字本を提供することを念願とし，身体障害者の働く工場を母胎として，製作し発行することに踏み切りました。

何卒，強力なご支援をいただき，図書館・盲学校・弱視学級のある学校・福祉センター・老人ホーム・病院等々に広く普及し，多くの人人に利用されることを切望してやみません。